中村真一郎手帖

cahier Nakamura Shin'ichirō 2023

18

目次

堀辰雄の遺産

会長退任の挨拶に代えて

安藤元雄

思いがけず会長という肩書きを頂いておりましたが、会長らしい仕事を何もしないまま急速に歳をとって、体が利かなくなってしまいましたので、これ以上ご迷惑をかけるのも心苦しく、申しわけありませんが退任させていただきたいと思っております。お許しください。

この三年間、ウイルス感染のひろがりのために会自体が身動きもとれず、かろうじて水声社のお力で維持だけはされて来たわけですが、運営の責任者である私としては、何のお役にも立たなかったことを恥ずかしく思っています。退くにあたって、これまでのことを思い返してみますと、会としての成果の中に一つだけ、まだ手のついていない話題があるような気がします。そこで、置き土産というわけでもありませんが、そのことについての私の考えを申し上げて、お別れのご挨拶にしたいと思います。

この会ではこれまでに、中村真一郎さんのなさったいろいろなお仕事について、作家としての中村さん、詩人としての中村さん、さらにはフランス文学者としての中村さん、といった具合に、さまざまな角度から検討し、考察して来たと思いますが、一つ、まだ触れられていなかったのは、先行世代の作家、堀辰雄の存在です。中村真一郎、福永武彦、加藤周一と言えば、日本の戦後文学の三羽鴉、一緒に本を書いたり論陣を張ったり、またそれぞれ各方面で活躍した三人兄弟みたいな人たちですが、この三人を共通して育んだのが、軽井沢から信濃追分にかけての、浅間山麓の高原の風土であり、この三人に対する師匠格の存在だったのが、その風土の中で仕事をしていた文学者である堀辰雄でした。

堀辰雄は東京の生まれで、下町に育ち、東京帝大の国文科を卒業後、芥川龍之介の弟子として文壇に出た人ですが、若い頃から重い肺結核を病んでいました。生死の境をさまようことも幾度となくあって、作品の数はそれほど多くはありません。代表作の『風立ちぬ』や『菜穂子』など、いずれも肺結核の病人が主人公となっています。肺結核は、病気としては戦後の日本ではほとんど影をひそめてしまいましたけれども、戦前までは、たとえば立原道造が二十四歳で死んでしまうといったように、国民病とまで呼ばれて恐れられた病気でした。戦後は医学が進んで、肺結核は姿を消して行くのですが、それとともに堀辰雄の文学も、以前ほどの切実感をもっては読まれなくなっているような気がします。

けれども、肺結核がなくなっても、人間が死ななくなったわけではありません。実は堀辰雄が肺結核を通して考えたり見つめたりしていたのは、病気そのものというよりも、人間の生と死それ自体でした。そのことは、いま挙げた作品を読んでみれば明らかです。その意味では、あの時代の堀辰雄の存在はいまの私たちが考えるよりもずっと大きかったのではないでしょうか。

『風立ちぬ』という題名はフランスの詩人ポール・ヴァレリーの詩「海辺の墓地」の末尾の一節から発想したものですが、これに限らず堀辰雄はフランス文学の作品を原文でずいぶんよく読み込んでいました。学生時代からすでに、国文科じゃなくて仏文科の生徒だったんじゃないかと言いたくなるほどに、コクトーやラディゲ、アポリネールなど、モデルニスムの作品を読み、翻訳もしています。コクトーについては一冊、『コクトオ抄』という本を出しているほどです。さらに作家として評価されるようになってからは、プルーストやモーリアックなどにも親しみ、そこから栄養を吸収していました。驚くのは、このころすでにサミュエル・ベケットを見つけているんですね。といっても、のちにベケットの名を高からしめた不条理劇や『モロイ』以下の三部作はまだ出ていなくて、堀辰雄が読んだのは若書きのプルースト論です。今日もこれから吉川一義先生が「中村真一郎とプルースト」という題でお話をしてくださることになっていますけれども、この点でも堀辰雄は中村さんの先駆者でした。

私は高校生のころ、ということはもう七十年も昔ですが、学校の健康診断で肺浸潤と宣告されました。つまり、肺結核を病んだ最後に世代になったわけです。仕方なく高校を一年休学して、当時まだ行われていた人工気胸という治療を受けたり、夏には信濃追分で暮らしたりしました。堀辰雄が亡くなった直後のことでしたが、未亡人の多恵子さんを訪ねて堀辰雄の遺した蔵書を見せていただいたり、福永武彦さんに親切にしていただいたりしました。少し経ったあるとき、福永さんが私にこんなことを言われました。「君と僕の歳の差は、僕と堀さんの差と同じくらいなんだが、僕が君ぐらいの歳だった時の堀さんはずいぶん偉く見えたよ。」福永さんはおそらく、さっき挙げた三羽鴉のうちでも、一番濃く堀辰雄を受け継いでいた人ではないかと思います。

では、中村さんの場合はどうだったかというと、中村さんは福永さんに比べて、堀辰雄に心酔するというより、もっと理念的な受け止め方をされていたのではないかと思います。『マチネ・ポエティク詩集』においてもそうですが、押韻定型詩という現象的な面が大事なのではなく、中村さんは「詩とはどうあるべきか」という理念的な面を追求しておられたように見えます。堀辰雄についても、筑摩書房から出た一番新しい『堀辰雄全集』の編集ぶりから伺われる限りでは、「小説とはどうあるべきか」という理念的な面への考察が読み取られるように思います。

堀辰雄は病身でしたから線の細いところはありますが、文壇人として川端康成や室生犀星、萩原朔太郎などと親交があり、次第に戦時色を濃くして行く昭和十年代に、それにさからうかのように雑誌『四季』を出し続けたことでもわかるように、実務的な能力も大いに発揮した人です。ご存じのように、この『四季』から立原道造が育って、すぐに死んでしまうのですが、堀辰雄はその死を惜しみ、当時もう手に入りにくくなっていた紙をどこからか都合して来て、山本書店から最初の『立原道造全集』三巻を出します。これは大変な実行力です。この全集がなかったら、立原の読者があれほど急速にひろまることはなかったでしょう。

中村さんは生前の立原道造に、後輩として親しく接しておられました。立原は詩集を『萱草に寄す』と『暁と夕の詩』の二冊しか残しませんでしたが、計画されていながら実現しなかった三冊目の詩集として『優しき歌』が堀辰雄の編集によって成立し、これがのちの角川書店版『立原道造全集』にずっと受け継がれて、立原の詩集はあたかも三冊あったかのような状態が長く続いて来ました。編集名義人は堀辰雄だったのですが、実は『優しき歌』の編集原案を作ったのは中村さんで、それを堀辰雄が採用して形にしたのです。このいきさつを、私は一番新しい筑摩書房版の『立原道造全集』にしるしておきましたが、この全集では、あくまでも立原の死んだ時点での資料の状態を再現すべく、『優しき歌』は存在しなかったものとして扱い、ただ、解説の中で中村さんの編集プランを示すにとどめました。何だか中村さんにさからうようで申し訳ないと思いながら、私なりの考えをつらぬかせてもらったのです。

堀辰雄は、自分では詩としてはほんの断片的な作品しか書いていませんが、こんな具合に小説と詩の接点で仕事をした人でした。戦後も数年間は生き続けますが、病気が重くなったためもあって、戦後の作品は立原を偲ぶ回想「雪の上の足跡」という一篇しかありません。しかし、新潮社や角川書店などの出版社がそれまでの彼の本を出し続けたり、谷田昌平による詳しい堀辰雄年譜が『三田文学』に出たりしましたので、堀辰雄の存在は忘れられるどころか、ある時期までずっと高まって行き、その間に三羽鴉の人々も揃って活躍して行きました。これらの人々もそれぞれなりに詩と小説の接点で仕事をした、という点で、堀辰雄の遺産を受け継いだわけです。

私は小説についてはあまり詳しくありませんので、これ以上のことは申し上げられませんが、どなたかもっと詳しい方がそのあたりを掘り下げてくださったら、きっと興味深い収穫があるのではないかと思います。私にできるのは、そこに至る材料としてのエピソードを、いくつか証言することだけでした。これでお別れをさせていただきます。ありがとうございました。

講演

中村真一郎とプルースト

吉川一義

中村真一郎は、「現代世界の文学界にあって、『源氏』と『失われた時を求めて』との両方の融合した文学の方法によって、小説を書いている唯一の作家」だと自己を定義し、それを自負していた。(1)中村真一郎と『源氏』については多くの考察が発表されているのにたいして、中村とプルーストについては、私が調べたかぎり、断片的な指摘は存在するものの、いまだに総合的な考察はなされていないようである。

本稿では、この欠落を補うべく、まず中村のプルースト受容がいかなるものであったのかを検証し、第二に中村のいう『失われた時を求めて』と『源氏』とを「融合した文学の方法」とはどのようなものであったのかを明らかにし、第三にプルーストに触発された方法が中村の小説にいかに結実しているのかを考察したい。ただし私は一介のプルースト研究者にすぎず、生前の中村真一郎と親交があったわけでもなく、その作品を熱心に読んでいたわけでもない。それゆえ中村の文学の愛好家からすれば見当違いのことを記すかもしれないが、それはプルースト研究者の勝手な見解としてご海容いただきたい。

1　中村のプルースト受容

中村真一郎は一九四一年、二十三歳で東大仏文科を卒業するにあたり「ジェラアル・ド・ネルヴァル論」と題する卒業論文を提出、同年八月にはネルヴァルの中篇集『火の娘』の翻訳を出版した。翻訳の「後記」は、卒論の概要をまとめたものと考えられる。この「後記」において中村は、ネルヴァルの人生と作品の全体像を描き出したうえで、「彼の生は結局現実の中にはなく、夢の中にのみある」という結論を記している。[2] そして『火の娘』に収められた傑作「シルヴィ」について、それが過去の探究の物語であると、こう指摘した。

「懐かしい幼年の日々！ 緑の木陰、新エロイーズ、昔の唄、そして森に鳴り渡る猟の角笛。……／彼はこの瞬間、現在から不在の状態になり、深く過去の奥底に彷徨《さまよ》い行く。曲がりくねった記憶の小路のここかしこには、彼の現在の破滅を作り出した様々の人物や事件の記念碑が立っている。[3]」

　興味ぶかいのは、中村が早くも一九四一年の『火の娘』翻訳の「後記」で、ネルヴァルの回想談の方法をプルーストの「無意志的回想」と結びつけていることである。「この無意志的回想の方法を積極的に再び取上げたマルセル・プルーストは、先駆者ネルヴァールに最高の讃辞を捧げながら『この偉大な天才』（ネルヴァールのことである）の作品のほとんど全部に『心の間歇』という表題をつけようと提案する[4]」（「心の間歇」というのはプルーストの小説第四篇『ソドムとゴモラ』の中心を占める章の表題であり、プルーストは一時これを全篇の表題にしようと計画していた）。中村はこの出典を明示していないが、これはプルーストが晩年の一九二〇年一月、『ＮＲＦ』誌に寄稿した「フロベールの『文体』について」（のちに一九二七年刊『時評集』に収録）に記したつぎの一節を引用したものである。「この記憶現象は、ネルヴァルという偉大な天才に場面転換の役を果たしたのであり、私が自作のひとつに当初つけた表題『心の間歇』はネルヴァルのほとんどすべての作品の表題となりうるだろう。[5]」

「無意志的記憶」を中心とするネルヴァルとプルーストの類縁関係の重要性について、中村はいち早く察知していたのだ。プルーストがネルヴァルを先駆者として高く評価していたことが一般に明らかになるには、『サント＝ブーヴに反論する』の出版（一九五四）によるネルヴァル論の発掘を、さらには井上究一郎先生の博士論文『マルセル・プルーストの作品の構造』（一九六二）を待たねばならない。一九四一年の時点で両者の類縁関係を指摘したのは、若き中村の炯眼を示すものであろう。

　中村の回想によれば、『失われた時を求めて』を読みはじめたのは「二十歳」のとき（一九三八年）であり、最終篇の『見出された時』に到達したのは、戦争が最も深刻な様相を呈しはじめた頃[6]だという（対米開戦の一九四一年頃だろうか）。

ネルヴァル論と『火の娘』翻訳のあと、中村は一九五〇年代初頭、本格的にプルーストの紹介と翻訳にとりくむ。まず小説の第一篇『スワン家のほうへ』を脚色、「ラジオ・ロマン『失われた時を求めて』」と銘打った台本を作成、それが一九五三年の六月から七月にかけて新日本放送から五回にわけて放送された。放送後、ドラマの台本や録音は消失したと信じられていたが、その台本のみ井上究一郎先生宅に奇跡的に保存されていたことが判明、それが三十二年後の一九八五年、当時『プルースト全集』を刊行中だった筑摩書房から出版された。

この台本は第一篇『スワン家のほうへ』のかなり忠実なダイジェスト版である。それは原作と同様、夜中にふと目覚めた「私」がかつて滞在したさまざまな部屋を想い出す「不眠の夜」から始まる。その冒頭場面には主人公の「私」が睡眠中に女と交わる夢が描かれている。その箇所を岩波文庫版の拙訳で引用しよう。

ときには寝ているあいだにおかしな姿勢となった私の股《もも》から、アダムの肋骨からイヴが生まれたように、ひとりの女が生まれることがあった。いまにも味わおうとする快感〔原語は plaisir〕からつくり出された女なのに、その女が私に快感を与えてくれていると想いこむ始末である。身体《からだ》のほうは、私自身のほてりを女の身体のほてりと感じて、それと一体になろうとするが、そこで目が覚める。今しがた別れたこの女と比べると、ほかの人間がずいぶん縁遠い存在に思えるのも当然で、私の頰はいまだ女の接吻にほてり、身体は女の胴体の重みでぐったりしていた。

（①二八。岩波文庫版の巻数と頁数を併記。以下同様）

この一節を中村は、つぎのようにラジオ・ドラマ化した。

独白「時によると、イヴがアダムの肋骨から生れたように、一人の女が、眠っている間に、寝ちがえた私の腿から生まれてくる。」

女の声（囁くように）「マルセル！」

独白「その女は私の味おうとしていた愉しみから作り出されたものなのに、その女のほうで愉しみを作ってくれるように思う。」

女の声（かすかに）「マルセル……」

独白「私の身体は、彼女の身体のなかに、自分の体温を感じる。そこに入って合体しようとする。」

女の声（急迫して）「マルセル！」

独白「眼がさめる。頬はまだその口づけにほてり、身体はその身体の重みで凝っていて、だるい。[7]……」

出版時にこれを読んだ私は、プルースト研究者として、正確とはいえない翻案に困惑を覚えた。第一、「快楽」「快感」と訳すべき plaisir を「愉しみ」と訳すなど、不正確な解釈が散見される。第二に、原文には存在しない「マルセル」と呼びかける「女の声」が三度にわたり挿入される。プルーストの主人公「私」は、第五篇『囚われの女』で例外的に「マルセル」と呼ばれる箇所はあるものの、原則として無名の存在である。[8]さらにその女の声の調子に「(囁くように)」とか、「(かすかに)」とか、「(急迫して)」とか、ト書きが挿入され、プルーストの原文には存在しないリアルなエロティシズムがつけ加えられている。この三点に困惑を覚えた私は、つづきをきちんと読まずに台本を放り出してしまった。

しかし今回、はじめて全体を精読して、部分的に不正確な点はあるものの、全体として中村が『失われた時を求めて』の構造を深く理解していることに感服した。その例を二点のみ挙げておきたい。まず中村は、主人公の「私」が少年時代の春から夏の休暇をすごした田舎町「コンブレー」の描写がはじまる前に配置された「不眠の夜」の場面を長篇全体の導入部と喝破した。それゆえ、これを「第一部　イントロダクション」と題して、「第二部　コンブレー」の前に配置したのだ。[9]多くの読者が見過ごしがちであるが、冒頭の「不眠の夜」は少年時代の「コンブレー」の一部を成すのではなく「私」の晩年のできごとであり、『失われた時を求めて』全体の導入部であるから、[10]これを小説全体の「イントロダクション」としたのは、中村がプルーストの小説の構造を深く理解していた証拠にほかならない。

「コンブレー」の章を読んでゆくと、やがて有名なマドレーヌの挿話が出てくる。紅茶に浸したマドレーヌのかけらを口にしたとたん、すっかり忘れていたコンブレーの昼間の日々を想い出すという、プルーストの「無意志的記憶」の有名な実例である。その冒頭の拙訳を掲げる。

コンブレーにかんして、就寝の悲劇とその舞台以外のものがすべて私にとって存在しなくなってから、すでに長い歳月が経っていたが、ある冬の日、帰宅した私が凍えているのを見た母が、私の習慣に反して、紅茶をすこ

し飲んでみてはと勧めてくれた。（①一一一）

この体験は、少年時代のコンブレーで生じたできごとではなく、引用部に「長い歳月が経っていた」「ある冬の日」と明記されていることから、「コンブレー」から長い歳月を経たあとの、語り手は明示していないがおそらくパリにおけるできごとだろうと推測される。[11] 中村は台本のこの一節で、「それからずいぶん長い年月のたった後のある冬の日、パリで」と、原文には存在しない「パリで」をわざわざ補っている。[12]『失われた時を求めて』におけるマドレーヌの挿話の位置づけを、中村は完璧に理解していたのである。

『失われた時を求めて』の全篇がはじめて邦訳されたのは、一九五三年から一九五五年にかけて新潮社から刊行された六氏共同訳による。中村真一郎は第四篇『ソドムとゴモラ』の後半、第二部第二章を担当し、それは一九五三年十二月と一九五四年三月に出版された。[13] さきに検討したラジオ・ロマンが放映されたのは一九五三年六月から七月のことであるから、中村は一九五二年頃から一九五四年にかけて集中的にプルーストの紹介に取り組んだことになる。

『ソドムとゴモラ』後半の訳業でも、中村真一郎のプルースト理解が並大抵のものではなかったことが推しはかられる。そのなかに、ノルマンディー地方とおぼしいバルベック海岸へ二度目の滞在にやってきた主人公が、前回に見た夏の海の印象と今度あらたに目にした春の海の印象とを想いうかべて比べる一節がある。その箇所の中村の訳文を読んでおこう。

> 初めの年と同様、海は、毎日、滅多に同じ様子でいることはなかった。だが、その上、最初の年の海とも、少しも似ていないのは、今は春で、嵐もないだからだろうか、或いは最初の時と同じ日にやって来たとしても、その青みがかった胸を、微かな鼓動で、目にはとまらぬほど膨ら〔ま〕せながら、海岸で、暑い日々を、ひねもす眠っているのを、私が見た、あの長閑で、うつけた、かよわい海らを、あの時とは異なった、今のもっと変わり易い天気が、この岸辺から追い立てたからだろうか、それともまた、以前は好んで避けていた、さまざまな要素を、しかと捉えるように、エルスチール〔作中の大画家〕に教わった、私の眼が、最初の年には見ることのできなかったものを、長い間、みつめることになったからであろうか。[14]

この中村訳に問題がないわけではない。たとえば引用の三行目から四行目、「今は春で、嵐もないだからだろうか」の箇所は、言いまわしが奇妙なうえ、原文は c'était le printemps avec ses orages だから「季節は春でそれにともなう雷雨が多かった」(⑧四一〇)と訳すべきである。とはいえ中村訳は、二行目の「だが」ではじまる第二の文以降、一個の句点さえ打たず、プルースト特有の長文のリズムを正確に反映するよう努めている。中村のプルースト訳は、作家の余技などと受けとるべきではなく、プルーストの原文の呼吸をも忠実に伝えようとする真摯な訳業であったと考えるべきだろう。

2 中村における『失われた時を求めて』と『源氏』

第一篇『スワン家のほうへ』をラジオ・ロマン化し、第四篇『ソドムとゴモラ』の後半を訳出した中村は、プルーストの小説をどのように捉えていたのか。それを知るために、新潮社版『ソドムとゴモラII』(一九五四)に付された「あとがき」[15]を振りかえっておこう。これによると、中村は『失われた時を求めて』の特色をつぎの諸点にまとめている。

一、自然主義的レアリスムに拠るのではなく、「青年独特の奔放で芳醇な甘受性」を「心理学者のような鋭い理知の力」の支援を受けつつ「新しい感覚」の創造にまで高めた。

二、フランス象徴派の「宇宙的」な詩的世界を小説という形で「喚起」した。

三、自然の描写、感覚の生々しさ、真理の不意打ち、小説の情景の連想作用による展開、人物の意外な登場・再登場などは、夢の手法を想わせる。

四、「絵画的に展開される社交場」に見られるように、社会や人物は「描写」されるというよりも「喚起」され「解釈」される。それぞれの人物は「登場ごとに異なった姿を帯びて現われる」。

五、異性愛や同性愛に、「男を愛する習慣の男が、女を愛する習慣の女と結び付いたりする」うえ「性の転換が微妙に行われる」点は、シェイクスピアの「夢幻的な喜劇と極めて近い雰囲気」を醸し出す。

六、人物や風景が「時間の流れのなかで変化」することを示すために、「プルーストの文体は不可避的に枝から枝を生む複雑な構造になる」。

七、プルーストは「三時間ほどの晩餐会の光景を数百頁に引き延ばす」一方で、「数ヵ月を一行で飛び越すことも平気でする」。

八、プルーストの小説には、抒情だけではなく、ユーモアと「恐ろしい程のグロテスク趣味もある」。

プルーストの文学のこのような把握は、中村真一郎にあっては『源氏物語』への心酔と分かちがたく結びついている。中村みずから『王朝物語』（一九九三）のなかで、最初に見たように「『源氏』と『失われた時を求めて』との両方の融合した文学の方法によって小説を書いている」と断言しているからだ。この「両方の融合した文学の方法」とはどのようなものだったのか。「『源氏』とプルースト――「二十世紀小説」として」（一九八二年『文学』に発表）に拠って補充しながら中村の論点をまとめると、つぎのようになる。

一、『源氏』も『失われた時を求めて』も社交界小説である。作者である紫式部とプルーストは、その社会に属していながら「脇役」であるがゆえに、社交界を描く目は「スノビスム」になると同時に「辛辣」になる。

二、「社交術の専門家」である両作の作者は、社交界の中心をなす恋愛の観察者となり、「風俗小説家」であるとともに「心理小説家」となる。

三、社交界につどう人物たちは、まず人びとの「噂」としてあらわれ、「人間の多様性」を顕在化させる。それを描く作家は「モラリスト」（人性研究家）となる。

四、『源氏』の「蛍の巻」、『失われた時を求めて』の『見出された時』に見られるように、作品の構成それ自体のなかに「小説の方法論」が組みこまれている。

五、十九世紀小説が「客観的な時計の時間」を描くのにたいして、両作の時間は「主観的、内面的」である。

六、プルーストにおけるマドレーヌの挿話、『源氏』における「青海波」の場面に見られる突然の回想は、日常的な時間を脱する「永遠」の経験、つまり「宗教的感覚」を喚起する。

中村はこのように両作の共通点をとり出したうえで、『源氏』について、『失われた時を求めて』と同様、「新しく見えてきた現実の姿」をあるがままに映し出す「二十世紀小説」であり、「世界文学」であると結論づける。『源氏』と『失われた時を求めて』の双方に、共通する普遍的文学を見ようとするこの中村の見解は、はたして是認できるものだろうか。

バタイユをはじめフランス現代思想の研究者である岩野卓司は、「神々の黄昏――中村真一郎と折口信夫の『源氏物語』」において、プルーストの文学と同様の世界性を認める中村の『源氏』解釈に一定の理解を示しながらも、そこには折口が『源氏』において重視した古代の起源や伝承、「聖なるもの」や「神性」が欠落していると批判した(16)。

岩野のこの批判は首肯できるものである。近年出版された岩波文庫版『源氏物語』（全九巻、二〇一七―二〇二一）第八巻の「解説」を執筆した源氏学者今西祐一郎も、「宇治十帖」にアンドレ・ジッドの『狭き門』との類似を認めた島津久基「われわれはもっと驚いてよいのではないか——紫式部の神才を憶ふ」（一九四九）や、この部分は「完全に近代小説的」であると絶讃した中村真一郎『源氏物語の世界』（一九六八）の所説を引用したうえで、これらの解釈に反論する円地文子の「宇治十帖についての私疑」（一九七四）を対置し、『源氏』をどのように読もうと読者の自由であるが「研究者もそうであるとすれば、それは困る」とクギを刺している。[17]

この論争は、『源氏』における国際性と古代性のどちらを重視するのか、言い換えると古典の読解において時代を超越した普遍性を重んじるのか、それとも時代に制約された土着性に重きを置くのかという問題に帰着する。古典の専門家が『源氏』の時代性と土着性とを重視して、作品生成の現場に忠実たらんと努めるのは、当然の学問的営為であるが、その一方で、『源氏』が千年以上読みつがれてきたのは、各時代の読者がそこに時代を超えた普遍性を読みとってきた証拠であることも無視できない。

私はプルースト研究者として、作家の生涯と『失われた時を求めて』との接点について、つまりプルーストの時代とその作品の土着性について、微に入り細をうがった調査研究が進んでいることを承知している。その一端は、拙訳『失われた時を求めて』に付した訳注などで紹介するよう努めてきた。しかし翻訳者としては、『失われた時を求めて』の精髄を訳文の日本語によって伝えるのが仕事だから、フランス語という土着性を超えた本作の普遍性を信じるのでなければ、あの長大で難解な原作の訳出などできるはずもなかった。プルーストの普遍性を信じて翻訳をした者としては、『源氏』に時代を超えた普遍性、世界文学を読みとろうとした中村の姿勢を支持したくなる。

ただし『源氏』や『失われた時を求めて』には、中村のいう普遍的、合理的、意識的な側面とともに、折口が見ようとした土着的、非合理的、無意識的な側面とが共存しているように感じられる。あらゆる人間のなかにも、土着と普遍、非合理と合理、無意識と意識という二律背反に見える両者がせめぎ合っているのではないか。その人間が織りなす社会にも、同様に、理性で納得できる合理的な側面とともに、謎につつまれた非合理な暗闇もまた存在する。『源氏』や『失われた時を求めて』に代表される文学の傑作が、このような相矛盾する人間と社会の片面しか描かないはずがない。

『源氏』と『失われた時を求めて』とに共通する普遍的な世界文学を認めた中村は、両者の合理的かつ意識的な普遍性にのみ光を当てたように見えるが、かならずしもそうとは断定できない。その証拠に中村は、前述の『失われた時を求めて』の特徴を列挙した際、要点三に見られるように、プルーストにおける「夢の手法」の重要性を強調し、また要点五のように、その異性愛や同性愛にはシェイクスピアの「夢幻的な喜劇と極めて近い雰囲気」が醸し出されていると指摘していた。さらに要点八では、『失われた時を求めて』に「怖ろしい程のグロテスク趣味」が存在することに注目している。いずれもプルーストの小説にかんする中村の炯眼を示すものであろう。

さらに中村は、『源氏』と『失われた時を求めて』に共通する特徴についても、要点五に見られるように両作の時間が「主観的、内面的」であること、また要点六のように両者における突然の回想では「永遠」という「宗教的感覚」が想起されることを指摘している。これらもまた、中村が両作における非合理な面、無意識の支配する闇を失念していなかった証であろう。

3　中村の小説におけるプルースト

さて、以上の考察を踏まえたうえで、最後に中村真一郎の小説にプルーストの影がどのように落ちているのかを検証したい。まず出世作である『死の影の下に』（一九四七）を採りあげよう。この五部作の第一部は、初版巻末に付された著者自身の「ノート」によれば「一九四四年春から一九四五年にかけて」執筆された[18]。

そこには中村みずから二十歳の一九三八年から読みはじめたと告白する『失われた時を求めて』の影響が顕著に認められる。なによりも二カ所に明確なプルーストへの言及が出てくる。その一カ所を引用しよう。「現代の小説家はこうした問題〔ひとりの人間がまったく異なった態度を見せること〕を扱うのに、例えばシャルリュス男爵の性格の二重性を、複雑極まる心理過程の経緯と、古い紋章に生きいきと血を通わせている家系の遺伝的事実とによって説明しようとした[19]。」ここにいう「現代の小説家」とは、名前こそ挙げられていないが、シャルリュス男爵への言及からしてプルーストであることは明らかだ。

さらにすこし先には、中村が連作小説の第二部のタイトルとする「シオンの娘等」を「花咲ける乙女等」と言い換えた箇所がある[20]。これはプルーストの小説第二篇のタイトル『花咲く乙女たちのかげに』へのほのめかしにほかならない。この二カ所のプルーストへの言及は、初版に先立って一九四七年三月に刊行された雑誌『高原』第三号への初出稿にも、同様に印刷されていた[21]。初出稿から初版および集成版にかけて、新字体への変更以外になんら訂正が加えられていない。中村は、単行本や全集に収録するにあたり、初出の文章に手を加えない作家だったようである。

それればかりか『死の影の下に』には、中村自身がプルースト(および『源氏』)の特徴として強調したさまざまな論点がことごとく反映されている。

『失われた時を求めて』は、主人公でもあり語り手でもある「私」の生涯の回顧談である。作中で語られる「私」の過去の体験と見聞は、小説冒頭、夜のベッドに横たわる「私」がふと目覚めたときの姿勢に宿っていた意識せざる記憶からそっくり想い出される。『死の影の下に』を構成する三章のそれぞれも、主人公の「私」(城栄《じょうさかえ》)が「白い木のベンチ」の上に腰を下ろし、「永い午後の時」をすごしたときの回想からあらわれ出る。[22]中村の小説の各章も、プルーストと同様の全体的な回想に端を発しているのだ。十九世紀小説が「客観的な時計の時間」を描くのにたいして、『失われた時を求めて』と『源氏』の時間は「主観的、内面的」であるという中村の指摘は、『死の影の下に』にも当てはまるのである。

『死の影の下に』の第一章冒頭、昔の日々が突如として「生の注《あび》せる典雅な祝祭曲」のようによみがえる瞬間は「耳馴れた提琴協奏曲の旋律」にたとえられる。[23]この設定もまた、プルーストの小説において、スワンが忘れていた恋人オデットとの幸せだった昔の日々を思い出すきっかけとなるヴァントゥイユのヴァイオリンソナタを想わせる。『これはヴァントゥイユのソナタの小楽節だ、聴かないでおこう!』と思う間もなく、オデットが自分に惚れていたころの想い出が、この日まで心の奥底に見えないように押しこめていた想い出が、〔……〕目を覚まし、羽ばたきして意識上に浮かびあがり、〔……〕忘れていた幸福の反復句《ルフラン》を狂ったように歌い出した」(②三四八)。

これらの例では、紅茶に浸したマドレーヌのかけらを口にしたとたん少年時代のコンブレーの日々がよみがえる現象にプルーストが与えた「無意志的記憶」という表現こそ使われていない。しかしプルーストの小説も、中村の小説も、「無意志的」な回想を描いていることは明らかだろう。『死の影の下に』の末尾近くで中村は「一体ある物や事件は、無意志的な回想作用の中に立ち現れる時、それを最初に(現実に)体験した瞬間そのままに新鮮に怺る」と書いている。[24]これはプルーストのいう「無意志的記憶」を念頭に置いたものでなくてなんであろう。中村がプルーストにも『源氏』にも存在すると喝破した「永遠」のなかにはいる経験、つまり「宗教的感覚」は、『死の影の下に』にも見出されるのである。

いや、それだけではない。『死の影の下に』の末尾で主人公「私」は、こうしてあらわれた「記憶の奔流」を前にして、その実態を「はっきり見極めようとすれば〔……〕記憶の諸断片を出来得る限り忠実に記述してみる外に方法はない」

と考え、「これから直ちに書斎に帰り、机に向かってペンを取り上げよう」と決心する。[25]『死の影の下に』の結末における「私」のこの決意もまた、プルーストの最終篇『見出された時』において「無意志的記憶」を手がかりにわが生涯の回想を書きとめようとする「私」の決意をなぞったものにちがいない。中村が、『源氏』の「蛍の巻」、『失われた時を求めて』の『見出された時』に見られるように、作品の構成それ自体のなかに「小説の方法論」が組みこまれていると指摘したことを裏づけるかのように、『死の影の下に』にも同様の「小説論」がはめこまれているのだ。

さらに言えば、中村が『源氏』と『失われた時を求めて』に共通する特徴として挙げた「社交界小説」の側面、また社交界を描く目が「スノビスム」になると同時に「辛辣」になるという点も、『死の影の下に』の特徴にほかならない。さきにも引いた『王朝物語』のなかで中村は「私は人生の出発点において、小説家としての経歴を、このふたつの作品〔『源氏』と『失われた時を求めて』〕の融合から得た方法によってはじめることになった」と告白しているが、[26]『死の影の下に』はこの中村の告白がうそ偽りではないことを示しているのである。

五部作の第一部『死の影の下に』を中心にプルーストの影響を検証したが、第二部以降にも同じく『失われた時を求めて』の影が色濃く落ちているのだろうか。第二部『シオンの娘等』（一九四八）は、すでに見たように、プルーストの第二篇『花咲く乙女たちのかげに』のタイトルを踏襲している。さらに「毎日銀座や日比谷の辺り」を散歩する「私」がかならず出会う「少女達の或る一群」は、「全体で一つの存在であるかのように、時々一かたまりになり、そして全く新しくなって再び飛び散る」。そのさまは「一定数のセルロイドの色片からなる万華鏡」のようで、「その一つ一つの色片である、一人ずつの少女を識別することは到底不可能だった」という。[27]この一節もまた、プルーストのバルベック海岸にあらわれる「五、六人の少女」（④三二五）の一団を想わせる。この少女たちも当初は「ポリプ母体によって形づくられる原始的な有機体のように〔……〕たがいにくっついたまま」（④三九六）で、「ひとりひとりの個性がまだ見わけられなかった」（④三二八）のである。

第二部では、プルーストの文学との類似点をほかにも指摘できる。夏のバカンスが描かれている点、人物たちの変貌に「云い知れぬ不思議な時の作用」が認知される点、芸術に「幻影を見ているのではなく、世人と異なる現実を見ている」[28]という「私」の信念が表明される点などが、それに当たる。とはいえ筆者の印象では、第二部以降、プルーストからの明らかな借用はしだいに影を潜め、中村独自の語りが幅を利かすようになる。とくに戦争勃発以降の城栄を描いた第三部『愛神と死神と』（一九五〇）、第四部『魂の夜の中を』（一九五二）、第五部『長い旅の終わり』（一九五二）は、私にはプルーストから独立した中村のストーリー・テラーとしての才能が遺憾なく発揮された物語であると感じられた。

さて「人生の出発点において、小説家としての経歴を、このふたつの作品〔『源氏』と『失われた時を求めて』〕の融合から得た方法によってはじめることになった」という中村の告白にはつづきがある。それによれば「生涯の成熟期に至って、遂に『四季』四部作において、長年のその方法による小説を実現するに至った」というのだ。[29]「成熟期」の『四季』四部作（一九七五―一九八四）もまた、中村が総括するように『源氏』と『失われた時を求めて』の「融合から得た方法」によって実現したものと判断していいのだろうか。

中村がプルーストと『源氏』に共通すると指摘していた諸点は、もちろん『四季』四部作にも認められる。とりわけ作中で語られるできごとや時間が「主観的」である点、全篇が一種の「心理小説」である点は、『四季』の際立った特徴である。とくに第二部『夏』で、なかなか句点があらわれない息の長いセンテンスが改行なくつづき、すべての叙述が主人公「私」の意識にあらわれる想いを反映している点には、プルーストの文章との顕著な類似が認められる。[30]

とはいえ、たとえば『夏』の中核を占める性愛の濃密な描写、なかでも「神経症」からの離脱経験としてA嬢との交接における官能の歓びを礼讃する箇所などは、プルーストの小説とは無縁な、中村の個人的体験に基づく独自の文学的達成と考えるべきだろう。『四季』四部作は、プルーストや『源氏』の影響を超えて、中村の文学をどのように評価するかという視点から改めて検討すべきだと判断し、中村真一郎とプルーストをめぐる考察は、これでひと区切りとしたい。

＊

最後に、これは蛇足であるが、プルーストの方法と、『夏』に結実する性愛をめぐる中村独自の探究とがみごとに融合された中篇として、『金の魚』（一九六八）を挙げておきたい。『失われた時を求めて』の主人公と同様、『金の魚』の主人公「私」もまた、「文学」の創作は「自由の空間のなかに生の証しを求めること」[31]だと考え、記憶の底からよみがえらせた過去の生涯を書きとめようと「文学」の執筆に夜の時間を捧げている人間である。さらにその「私」が重視するのが、ときおり幸福感とともに「魂の平和を求めている状態」[32]というべき「恍惚境」[33]、つまりプルーストのいう「無意志的記憶」現象と同じ経験なのだ。

この中篇には、のちの『夏』につながる性愛論が出てきて、そこには「私が官能的快楽に没入すればするほど、私の苦悩の力は逆に深まって行く」[34]と、これまた『失われた時を求めて』に通じる考察が記されている。中村真一郎に師事し、プルーストを愛した亡き小佐井伸二は、このように『失われた時を求めて』と性愛との融合を計った『金の魚』について、「その結構及び質においても、小説家、中村真一郎が三〇年にわたって登りつめたひとつの頂である」と絶讃している。[35]この讃辞を、中村真一郎とプルーストをめぐる考察の結びとしたい。

【注】

（1）『王朝物語』潮出版社、一九九三年、一五〇頁。
（2）中村訳『火の娘』初版（青木書店）「後記」二七四頁、『私の西洋文学』（岩波書店）一一七頁。
（3）同初版二七三頁、岩波版一一六頁。
（4）同初版二七四頁、岩波版一一七頁。
（5）Proust, *Essais*, édition publiée sous la direction d'Antoine Compagnon, Gallimard, « Bibliothèque de la Pléiade », p. 1232.
（6）一九五三年刊『ソドムとゴモラI』翻訳（新潮社）の「あとがき」二六三頁、二七二頁。中村がいつ、どのようにプルーストを読んでいたのかを具体的に明らかにする資料は乏しい。中村が所蔵していたNRF版『失われた時を求めて』（一九四六―一九四七）への書き込みを調査した論考は存在する。飯島洋「中村真一郎『死の影の下に』五部作の人間像――プルースト受容とその展開」、京都大学文学部国語学国文学研究室編『國語國文』二〇一七年六月、六六三―六六五頁。
（7）中村真一郎『ラジオ・ロマン「失われた時を求めて」』筑摩書房、一九八五年、六―七頁。
（8）『失われた時を求めて』の一人称については拙著『「失われた時を求めて」への招待』岩波新書、二〇二一年、第2章「作中の「私」とプルースト――一人称の狙い」を参照。
（9）同書のそれぞれ五頁と一〇頁。
（10）岩波文庫①巻の「訳者あとがき」四四二―四四五頁を参照。
（11）前掲『「失われた時を求めて」への招待』の巻末「『失われた時を求めて』年表」冒頭（p.12）の注記を参照。
（12）中村真一郎『ラジオ・ロマン「失われた時を求めて」』、二五頁。
（13）新潮社刊。ついで新潮文庫（一九五九）に収録。
（14）『ソドムとゴモラI』新潮社初版一八二頁、新潮文庫版二五四―二五五頁。
（15）岩波版『私の西洋文学』では「プルースト『失われた時を求めて』」と改題。
（16）『中村真一郎手帖』一四号、二〇一九年、五八頁。
（17）岩波文庫版『源氏物語』第八巻、二〇二〇年、六五九―六六三頁。
（18）眞善美社刊初版、三〇九頁。
（19）初版一七一頁。鈴木貞美編『中村真一郎小説集成』新潮社、第一巻、八〇頁。
（20）初版一八〇頁、新潮社版八四頁。傍点は中村。
（21）同誌、一五二頁および一五六頁。
（22）新潮社版、一二頁、四七頁、八九頁。

(23) 同版、一二頁。
(24) 同版、一三一頁。
(25) 同版、一三五頁。
(26) 前掲『王朝物語』、一五〇頁。傍点は中村。
(27) 『中村真一郎小説集成』第一巻、一六六―一六七頁。
(28) 同書、二二八頁、傍点は中村。
(29) 前掲『王朝物語』、一五〇―一五一頁。
(30) 中村の『夏』を仏訳したドミニク・パルメは（Nakamura Shin'ichirô, *L'Été*, Éditions Philippe Picquier – Unesco, 1993）、「プルーストの文体を身に付ければ、たぶん中村さんの文体をうまくフランス語に移すことができるのではないか」と考えたという。「ドミニク・パルメさんに聞く――『夏』と『仮面の告白』の翻訳を通じて」（聞き手＝井上隆史）、『中村真一郎手帖』一六号、二〇二一年、九頁。
(31) 『中村真一郎小説集成』第七巻、九七頁。
(32) 同、一三七頁。
(33) 同、一四九頁。
(34) 同、一八五頁。
(35) 小佐井伸二「エロスの探究」、『国文学　解釈と鑑賞』〈特集＝中村真一郎のすべて〉、一九七七年五月、一〇五頁。

講演

中村真一郎のフランス文学翻訳

三枝大修

この度はお招きいただき、ありがとうございます。成城大学の三枝大修と申します。中村真一郎さんのフランス文学翻訳について何年か考えてまいりまして、わずかではございますが、わかった内容をご紹介させていただければと思っております。

トピックは大きく分けて三つです。一つ目は、中村さんの翻訳業のおおまかな全体像について。二つ目は、中村さんの翻訳の特徴について。三つめは、中村さんの翻訳家としての文体と、作家としての文体の結びつきについてです。

一　中村真一郎の訳業

まず一つ目のトピックですけれども、中村さんの訳業については、「中村真一郎　翻訳書リスト」（本稿末尾の【資料】参照）に、おおむね網羅的になるようにまとめてあります。最初にこのリストについて、若干ご説明いたしましょう。重要な訳業をお持ちであるとはいえ、やはり中村さんは小説家・評論家としての側面の方がはるかにメジャーですので、じつはその翻訳家としての顔を扱った先行研究はきわめて少ないんですね。中村さんの翻訳の全体像を把握するために、どこかに網羅的な書誌情報はないものか、と探してはみたものの、見当たりませんでしたので、自分でリストを作ってみたという次第です。こうやって並べてみると、けっこうたくさんありますね。通し番号を一から順に振っておきましたが、全部で三七もあります。

ただ、このリストも、訳業の全てを提示しているものではなく、例えば『伊勢物語』など、日本古典の現代語訳は入れておりません。フランス文学の翻訳に限定しています。また、中村さんはフランスの小説を青少年向けにリライトした縮訳版も何冊か出しているんですが、例えばあの長大なデュマの『モンテ・クリスト伯爵』をわずか数百ページに圧縮していたりしますので、それではさすがに「翻訳」とは呼べないだろうということで、このリストからは外してあります。さらに、ここに挙げられている訳書の中には、その後、新版が出ているものもあります。ネルヴァル作品の翻訳をはじめ、最初に単行本で出たのが文学全集に入ったり、文学全集で出たのが単行本になったり、それらがさらに文庫本になったりしていますが、そういったものまで加えていくときりがありませんので、割愛しています。というわけで、このリストに載っているのは各翻訳作品の初版(あるいは初出)の情報のみであるとお考えください。なお、雑誌に発表された中村さんの翻訳作品というのも、ひょっとしたら存在しているのかもしれませんが、そこまでは追いきれませんでしたので、このリストは書籍の情報のみになっています。つまり、これは「中村真一郎」という名前が翻訳者のものとして本の表紙や目次、奥付に明記されている事例をできるかぎり網羅的にピックアップしたリストなんですね。ひょっとしたら私の見逃したものがまだ存在しているかもしれませんが、それでもフランス文学関連でメジャーなものは、これでだいたい拾えているのではないかと思います。

さて、①、②といった通し番号の直後に「単」とか「共」とか書いてありますが、そこがじつは、このリストではいちばん重要なところかもしれません。「単」というのは「単独訳」のことで、中村さんがお一人で訳している――ことになっている――ものに付けてあります。一方で、「共」はもちろん「共訳書」を指すのですが、実際には同じテクストを複数人で協力して訳している、というケースはあまりなく、例えばある短篇は中村さんが、別の短篇は他の翻訳者が、というふうに、分担がはっきりしているケースがほとんどです。

以上が「単」と「共」の意味なんですが、通し番号の一五番、一六番あたりから「単＋」とか「共＋」というふうに、プラスの記号を含んでいるものが出てきます。これは、本のクレジット上は中村さんの単独訳になっているけれども、じつは共訳者がいた、とか、下訳者がいた、ということが、

「訳者あとがき」などを読むとわかる、というものです。共訳書の中の中村さんの担当箇所についても、さらにそのような下訳者が隠れていることがありますので、「単＋」のほかに「共＋」という表記も必要になった、という次第なのですが、そうすると、どういうことになるかといいますと、それぞれの訳書において、中村さんが翻訳作業にどこまでコミットしたのかが非常にわかりにくくなってくるんですね。ですから、私もこれまでに何本か論文を書いてきましたが、中村さんの翻訳について論じようという場合には、本の表紙や奥付にそう書いてあるから「中村真一郎訳」なのだろうと思って分析しても、実際には全然違う人が訳していた、という可能性がなきにしもあらずなので、そのあたりの検証が研究者にとっては必須になってくるかと思います。「ゴースト・トランスレーター」とでも申しましょうか、こういった翻訳のやり方は、一見ずるいように思われるかもしれませんが、当時としては普通のことです。たとえば井上健先生の『文豪の翻訳力』は、日本の有名作家たちの訳業についての充実した研究書ですが、その序文の中にはこんなことが書かれています。

わが国で作家の翻訳といえば、一から十まで自ら仕上げたもののほうが稀であるというのが、良くも悪くも業界の常識、通り相場になっていよう。下訳者の訳文に作家が手を入れるという共同作業の産物が、共訳ではなく個人訳として世に出されるやり方は半ば制度と化している し、作家の筆は一行たりとも加えられていない、ただ名前を貸しただけという代物も、一般読者が考えている以上に数多い。
(井上健『文豪の翻訳力』武田ランダムハウスジャパン、二〇一一年、三頁)

このことを意識しながらひと昔前の翻訳書を読んでいると、一種の「名義貸し」ですね、こういったケースは本当に多く見られます。その時代その時代の名訳者として知られている人の訳書であっても、「あとがき」をよく読んでみると、「誰々に下訳を作ってもらった」「手伝ってもらった」などと書かれていることがじつに多い。その点は中村さんのものでも同様で、先ほど申し上げたように、「＋」の記号が入っている訳書では、表紙・目次・奥付にクレジットされていない共訳者や下訳者の存在を、「訳者あとがき」の文面などから推定することができます。中村さんの場合はかなり誠実に書かれているので、ゴースト・トランスレーターの存在が推測しやすいんですね。やはり作家として有名になるにつれて、「中村真一郎」という名前にはネームバリューが備わってきますので、乞われれば場合によっては名義貸しをする、みたいな事情があったんだろうと思います。最初期の翻訳についてはもちろんそんなことはありませんが、管見のかぎりでは、おそらく一九五四年頃からこの傾向が見られます。

ざっと見てまいりましょう。通し番号の⑮番、アルベレスの『現代作家の叛逆』という本のあとがきを読むと、以下のように書かれています。

この訳書は、はじめ米村晰と三輪秀彦とが、米村は一、二、五、六、九を、三輪はその他を、一応日本語になおしたのを、最後に中村が両者立会いのもとに、もう一度、原書に当って読みなおし、文体の統一を試みたものである。したがって、事実上、この三人の共訳である。(中村真一郎「あとがき」、ダヴィッド社、一九五四年、二四八頁)

ここでは翻訳作業のプロセスが明らかにされているわけですが、中村さんは最初の段階では訳していないんですね。実際にこの訳書を読んでみても、文体が中村さんのものとは全然違いますので、そのあたりはやっぱり見る人が見れば明らかです。

続いて通し番号⑯番、サルトルの『歯車』の解説を見てみると、「訳出に当っては三輪秀彦氏の協力を得た」(中村真一郎「解説」、人文書院、一九五四年、二二〇頁)とあります。中村訳の協力者としてお名前の挙げられる回数がいちばん多いのは、じつはこの三輪さんです。ご存じのように、この方はものすごくたくさんの訳書を世に送り出した実力派の翻訳者ですが、とりわけ若い頃はよく中村さんの翻訳を手伝っていた模様です。

次はクローデルの作品で、『繻子の靴』。まずは抄訳版が河出の「世界文学全集」に収録されるんですが、その「解説」にはこんなことが書かれています。

今回は訳者が某所〔東大仏文科〕において二年間に亙って行った講読のノート及び抄訳をもとにして、友人、小佐井伸二君に一通り日本訳を作ってもらい、それをまた、訳者が多少、日本語の台詞の方向に近付けてみた。(中村真一郎「解説」、「世界文学全集」第二期第二五巻『現代世界戯曲集』河出書房、一九五六年、二頁)

あとでそれぞれの経歴をざっとご紹介しますけれども、ここに出てくる小佐井さんも、この頃はまだ二十歳そこそこですが、先ほどの三輪さんと同様、その後、たくさんの翻訳書を世に送り出しておられます。そして『繻子の靴』は六八年に完訳版が、今度は単行本のかたちで出版されるのですが、その「あとがき」にも、「訳者は某所においてこの作品の講読を試み、そのノートを友人の小佐井伸二に整理してもらった。その原稿をもとにして、今回新たに訳し直したのが、この訳稿である」（中村真一郎「あとがき」、人文書院、一九六八年、四七二―四七三頁）と書かれている。ですが、小佐井さんがほぼすべての翻訳作業を請け負ったのかというと、そうでもないらしく、中村さんご自身も『繻子の靴』の翻訳には深くコミットされていたことを、後年、最晩年に書かれたエッセイのひとつである『全ての人は過ぎていく』の中で明らかにしています。

> 『繻子の靴』を私は上演台本用に日本語に訳したが、元来、クローデルの戯曲は、詩句によって書かれ、しかも彼の詩は、通常の定型詩とも自由詩とも異なって、独自の呼吸法に従って書かれているので、詩人の台詞の息遣いや間を再現するように努力して、大いに苦心したものである。（新潮社、一九九八年、一五五頁。傍点原著者）

実際、この文章の続きを読んでいくと、『繻子の靴』の原語を少し削って訳したら語学にうるさい人から文句が来た、とか、翻訳にまつわる具体的なエピソードが披露されていますので、この戯曲の翻訳は必ずしも小佐井さん任せではなくて、中村さんも相当に手を入れていたのだろうと推測されます。

続いて、今度は通し番号⑳番、ピエール・ルイス『ポーゾール王の冒険』ですが、やはり「あとがき」を読みますと、「なお、この訳業の後半は、友人の三輪秀彦氏がてつだってくれました。同君の努力に感謝します」（「あとがき」、創元社、一九五七年、二六〇頁）と記されています。

さらに㉒番、クロード・エドモンド・マニイの『小説と映画』。この本のクレジットは珍しく中村さんと三輪さん、お二人のお名前になっているのですが、いまから見ると、じつはその背後にはやや複雑な事情があったのではないかと推測されます。というのも、「あとがき」を読むと、

> この訳書は、フォークナー論を篠田一士氏にお願いし、その他は三輪が担当、中村氏に全体の統一をはかっていただいた。
> （三輪秀彦「あとがき」、講談社、一九五八年、二四七頁）

とあるのですが、この本の新版がですね、約十年後の一九六九年に、原題により近いタイトルで別の出版社から出ているんですが、そのときは訳者名から中村真一郎さんのお名前が

消えて、三輪秀彦さんのみに改められているんです。そして、その新版の方の「訳者あとがき」は、もちろん三輪さんがお書きになっています。

最初に明記しておきたいが、この訳書は昭和三十三年（一九五八年）に中村真一郎氏との共訳により『小説と映画』という邦題の下に講談社より刊行された。今回はその改訂新版というわけだが、再刊にあたり原題の『アメリカ小説時代』を生かすことにし、また訳者も三輪ひとりに改めた。もちろん中村氏をはじめ、講談社版の際に協力していただいた篠田一士氏の御厚意がこれで解消したわけではない。フォークナー論の部分はすべて篠田氏の筆になることをあらためて記すとともに、ここで感謝の意を表明しておきたい。

（三輪秀彦「訳者あとがき」、C・E・マニー『アメリカ小説時代』三輪秀彦訳、竹内書店、一九六九年、二三二頁）

経緯が詳しく書かれていないので、よくわからないんですが、一九六九年というこの段階では、もちろん篠田さんも含めてまだ三人ともご存命でしたので、それにもかかわらず中村さんのお名前がクレジットから消えているとしたら、それはおそらく最初から三輪さんがお一人で訳されていたからなのだろうと思います。ただ、だからと言って、中村さんにこの本についての興味がまったく無かったのかと言えば、そんなこともないようで、というのも、マニーのこの本は、もともと一九五一年度の東大仏文科における中村真一郎講師の授業、「現代文学演習」の講読テキストだったんですね。「つかず離れず」と申しますか、原典に対する愛着やこだわりがあるような、ないような、こういった微妙なバランスのうえに、中村さんの翻訳というものは成り立っておりますので、それについて云々する際には、誰がどこまで訳したのかを可能なかぎり正確に見極めることが、やはり大切になってきます——まあ、それが非常に困難でもあるのですが。

例えば㉖番、ロブ＝グリエの『消しゴム』ですけれども、この訳書の「あとがき」には、「なお、この翻訳は三輪秀彦との共同作業によって完成した」（中村真一郎「あとがき」、河出書房新社、一九五九年、三〇〇頁）とあります。これには「＋」の印をつけておきましたが、クレジットにはこの協力者の名前は入っていないわけですね。三輪さんのお名前は「あとがき」のみに記されているという状態です。

㉗番もまた奇妙な本で、シムノンの推理小説『サン・フィアクルの殺人』（創元推理文庫、一九六〇年）なんですが、この邦訳の一九六〇年版は中村さんのお名前で出ています。ところが一九八六年に新版が出たときには、訳者名が三輪さ

んに変更されているんですね。これについては「あとがき」も何もなくて、事情がまったくわからないんですが、おそらくは名義貸しだったんだろうと思われます。

次は㉘番のマルセル・エイメ『壁抜け男』。これも「訳者あとがき」を見ると、「なお、翻訳に当っては三輪秀彦、小佐井伸二、長島良三の三氏の協力を得ました」（「訳者あとがき」、早川書房、一九六三年、二五六頁）と書かれています。

そして㉚番、これが最後でしょうか。ジロドウ『天使とのたたかい』の邦訳が一九六五年に集英社の「世界文学全集」に入りますが、月報を見てみると、編集部がひとこと注記していて、「ジロドウ『天使とのたたかい』は中村真一郎、三輪秀彦、小佐井伸二、諏訪正以上四氏の協同の訳業によるものですが、目次その他の表示は中村真一郎氏に代表していただきました」（「世界文学全集」第二三巻、集英社、一九六五年、月報、八頁）と書かれていたりします。

以上のような事情があるものですから、中村さんが手ずからお訳しになった本がどれとどれとどれなのか、という点は、正確に見極めるのがなかなかに困難です。なお、これまでにお名前がよく出てきた協力者の方々の簡単なプロフィールを以下に掲げておきましょう。

・**三輪秀彦**（一九三〇—二〇一八）　明治大学教授。デュラス、サロート、ブランショ、ヴェルヌ、ボアロー&ナルスジャック、ルブラン、シムノン等、フランス文学の訳書多数。

・**小佐井伸二**（一九三三—二〇〇九）　青山学院大学教授、作家。ジッド、コクトー、シムノン、モーパッサン、グラック、グリーン等、フランス文学の訳書多数。

・**長島良三**（一九三六—二〇一三）　早川書房の編集者。一九七三年から七五年まで『ミステリ・マガジン』編集長。七五年、退社。ヴェルヌ、ボワロー&ナルスジャック、ルブラン、シムノン等、フランスのミステリーや娯楽小説の訳書多数。

三輪さんは明治大学に長く勤められて、合計すると生涯で何十冊という訳書をご自身の名義で刊行されています。小佐井さんは、訳書の数でいえば三輪さんよりも少ないかもしれませんが、いわゆる純文学ですね、ジュリアン・グラックのものなど、難解な作品もいくつか手がけておられました。長島さんは、早川書房で編集者をされていたわけですが、まさしくその時期に、中村さんも早川書房から推理小説の翻訳書を出し始めるんですね。その意味では、こういった人間的なコネクションがあったからこそ、長島さんが中村さんの翻訳を手伝ったり、中村さんが早川書房の出版物に名義を貸したりしていたのかな、という憶測が頭に浮かんできます。なお、長島さんは早川書房を退社したあと、これまた膨大な量のミステリーや推理小説の翻訳を世に出されています。

さて、そうすると、中村さんご自身が訳したことが確実視できるのはどういった作品なのか、という点が気にかかってくるわけですが、後年、中村さんがあの膨大な量のエッセイの中で、過去を振り返りながら、「あの翻訳はこれこれこうだった」と昔話をしている作品については、おそらくご本人が手ずから訳されたものなのだろうと推定できます。特に一九五〇年頃までに世に出た初期のものは——小説家としてのネームバリューもまださほど大きなものではなかったでしょうし——確実に中村さんご本人の手になる訳書なのだろうと思いますが、一九五四年以降になると、下訳者に頼んでいるケースが増えてまいりますので、その中間の年代、すなわち一九五一—五三年以降のものは、本格的に論じる前に、念のため、一つ一つ検証することが必要になってくるのではないか、という印象です。

例えば一九四六年、中村さんはまだ二十八歳ですが、ジロドゥの幻想的な小説『シュザンヌと太平洋』の翻訳を出されています。そして、この訳書にまつわるコミカルなエピソードを披露しているのが、翻訳を主題とするエッセイの中の、次の一節です。

幸いにジロードゥーの小説の方は、翻訳がなかったので、その『シュザンヌと太平洋』の〔……〕飛躍と比喩の多い、あの文体を、若気の至りで、私はそっくり日本語に置きかえて、戦後間もなく出版した。

難解、珍訳、でたらめ、の悪評が殺到し、私の恩師のいたずら好きの辰野隆教授は、人から何か面白い小説はと聞かれると、私のこの翻訳を渡して、相手が憤慨するのを笑っていたくらいである。

(中村真一郎「サルトルの翻訳について」〔初出一九九一年〕、『小さな噴水の思い出』筑摩書房、一九九三年、七二頁)

こんなふうに、後年の文章のどこかに具体的な体験談が綴られているような作品であれば、まず間違いなく中村さんご自身が訳されていると見て差し支えないだろうと考えております。

他にもいくつか類例を見ていきましょう。『サルトル全集』第五巻(人文書院、一九五〇年)に入っている「一指導者の幼年時代」については、一九九〇年代に入ってから、こう語られています。

中篇の『一指導者の幼年時代』の翻訳が私に指名された時、私はやはり私の翻訳に関する信念に従って、文学の本質は内容（筋）よりも形式（文体）の移植にあるとして、あの超現実主義の影響を受けた、一見、舌足らずの、そして口語的言い廻しをまじえた文体を、可能なかぎり忠実に日本語に置き換えてみた。例によって評判は芳ばしくなかったが、実作者であり、敏感な文体感覚の持主の三島由紀夫は「滅多にない面白い試みだからぼくも使わせてもらうよ」と、嬉しがってくれた。
（「サルトルの翻訳について」、前掲エッセイ、七三頁。傍点原著者）

次は、一九五〇年代に出版されたプルースト『失われた時を求めて』（新潮社）の翻訳です。中村さんは一九五三年と五四年に一冊ずつ刊行された第四巻（「ソドムとゴモラⅠ・Ⅱ」）にだけ共訳者として関わっていたんですが、それについては後年、次のように振り返っています。

このメンバーのなかには、諸先輩にまじって、語学力の点でも明らかに劣る若い私も加えられた。これはあるいは、当時、新進作家として、多少の虚名を馳せていた私を加えることで、この大冊の売れ行きに幾分かの支えになろうかとの、出版社側の配慮も働いたのかも知れない。
（中村真一郎「井上究一郎氏のプルースト完訳」〔初出一九八九年〕、『小説家の休業』筑摩書房、一九九一年、八九頁）

この頃すでに中村さんの作家としての名声が十分に高まっており、しかもご自身がそのネームバリューを自覚しておられた、ということがうかがえる、貴重な一節です。ちなみにこの文章は、「現に私の受け持ちの部分は、部数の最も落ちる、後半の途中あたりの、そして作者自身が充分に推敲しないままに世を去った、未定稿の個所なのである」と続いていきます。

この種の思い出話に伴われている作品は、おそらくご自身で訳されていたと思うのですが、自分で一から十まで訳していた時期と、下訳者・協力者の助力を仰ぐようになった時期の境界線みたいなものが、私見では、一九五四年前後にあります。もっとも、それ以降の年代であっても、あまり分量の多くないテクストの中には、ひょっとするとこれは中村さんご自身が訳されたんじゃないか、と思われる文体のものが見つかりますし、逆に「あとがき」等で下訳者や協力者の存在が明かされていないものであっても、これは明らかに中村さんのものではないだろう、という文体で訳されているものが、推理小説を中心に結構ありますので、中村さんがいつ頃まで現役の翻訳家であったのか、という問いに答えをかえすのは、実際のところ、相当に困難です。

二　中村真一郎の翻訳の特徴

以上のような事情がございまして、私はこれまでに四本ぐらい中村真一郎さんの翻訳に関する論文を書いてきたのですが、いずれも、確実に中村さんご本人が訳しておられる初期のものしか扱っていないんですね。そのかぎりにおいて、中村訳の翻訳の特徴を申し上げますと、これははっきりしていて、「逐語訳主義」、つまり「原文に忠実に」ということが重視されています。「読みやすい日本語に」ではないんです。ですが、ご存じのとおり、これは翻訳者にとっては非常に不利な態度でありまして、やっぱりみんな読みやすい翻訳を「名訳」と言って喜びます。ところが、中村さんが高く評価する翻訳は、基本的に、そういったものではない。その点はご本人も何度か明確におっしゃっていて、例えば一九八〇年の文章には、「私もまた、逐語訳的、受容的態度に、原則としては賛成である」（中村真一郎「わが翻訳論」『朝日ジャーナル』一九八〇年一月十八日号、九八頁）と書かれています。外国語の文章を「逐語訳」すると、日本語はどうしてもぎこちなく、また堅苦しくなったりするわけですけれども、そういったデメリットを勘定に入れたとしても、中村さんは読みやすさ優先の翻訳よりも逐語訳の方を上位に置き、また常にそちらを実践されていました。そういった翻訳観についてはご自身がいろいろなところでお書きになっていますが、ここではその一部のみをご紹介します。まずは一九八〇年の『文学』に掲載された論文。

例えばフォークナーの『アブサロム、アブサロム』というような、入り組んだ文体の小説を、日本語でやさしく解きほぐして、楽に読みとおせるようにした翻訳を、私は「名訳」だとは信じない。（中村真一郎「翻訳の文学的意味について」『文学』一九八〇年十二月号、一頁。傍点原著者）

また、すでに引いた一九九一年のエッセイ「サルトルの翻訳について」の中にも、こなれ過ぎた訳文を批判する、次のような一節が見つかります。

ラディゲが「街が祭だった」と書くと、「街は祭のように賑やかだった」と訳し、それが読みやすいと評判になって、争い読まれるのだが、それではラディゲと半世紀前のモーパッサンとの区別がつかないことになり、堀辰雄を田山花袋の文章に直して読ませるようなもので、やはり文学的には誤訳もいいところだと思った。
（「サルトルの翻訳について」、前掲エッセイ、七二頁）

では、ご自身の翻訳の特徴は、具体的にはどのようなものだったのか。目立つところを三点ほど挙げていきますと、まず、人称代名詞が非常に多い。中村さんは原文に出てきた代名詞を逐一訳出されていますが、ご存じのように、これをできるかぎり減らした方が日本語としてはなめらかになりますので、中村訳の文章というのは、だいたいカクカクとした硬い感じになります。次に挙げておきたいのは、無生物主語構文――つまり、「無生物」ですから、「もの」が主語になっているような構文の多用です。じつは日本語でも、自動詞を使うときには、「お腹が減った」みたいに、必ずしも生き物ではないものを主語にすることが多いらしいんですけれども、ヨーロッパの言語で頻繁に用いられる、「嫉妬が誰々を犯罪に駆り立てた」のような、「もの」を主語、人間を目的語にした構文を、中村さんはそのままのかたちで訳されますので、それが中村訳の特徴の一つとなっております。三つ目は、原文の語順の尊重です。例えば原文で倒置が用いられているときに、日本語の訳文でも倒置を行うと、そこだけ非常に目立つわけですが、中村さんは多少の不自然さであれば意に介さない。あくまでも原文に忠実に、倒置は倒置として訳していく。で、以上のような三点を実践していくと、一般の読者が慣れ親しんでいるような日本語とは印象の異なる、独特の硬質な翻訳文体ができてくるわけです。

具体例を見ていきましょう。まずは中村さんの最初期の翻訳の一つ、バルザックの中篇小説「ソオの舞踏会」の中の一場面です。ロングヴィルという青年が、とある貴族の家に招かれて、品定めをされるシーン。以下の一文は、原文では主語が四つあり、「AとBとCとDが〜をした」という構文になっているのですが、中村さんはA（「服装」）、B（「物腰」）、C（「態度」）、D（「聲」）という四つの「もの」をそのまま訳文の主語として列挙したうえで、主格の格助詞「が」でそれらを一つに束ねています。以下にバルザックの原文とその中村訳とを掲げておきましょう。訳文では、四つの主語名詞とそれらをまとめる「などが」、さらにメインの動詞である「concilier」の訳語「和げた」に傍点を付しておきます。

Une mise aussi élégante que simple, des manières pleines d'aisance, des formes polies, une voix douce et d'un timbre qui faisait vibrer les cordes du cœur, concilièrent à M.

> Longueville la bienveillance de toute la famille.
>
> 簡素ではあるが優雅な服装、気易さに充ちた物腰、慇懃な態度、心の琴線を顫はせる音調を持つた優しい聲、などがロングヴィル氏に對する全家族の警戒の念を和げた。
>
> （バルザック「ソオの舞踏会」中村真一郎訳、『鞠打つ猫の店』東宛書房、一九四二年、二二七頁）

幸いなことに、このバルザックの中篇小説は二〇一〇年代に二種類の新訳が出ておりますので、前掲の一文について、中村訳との比較を行うことが可能です。まず、二〇一四年に発表されたちくま文庫の柏木隆雄訳では、たぶん読みやすさのためでしょう、文が二つに分割されています。

> 簡素ながらエレガントな服装、いかにも気のおけない身のこなし、礼儀正しい振る舞い、優しい声音は鈴を振るようで、人々の心の琴線を揺する。たちまちロングヴィル氏は一家の歓迎を受けることになった。
>
> （バルザック『ソーの舞踏会』柏木隆雄訳、ちくま文庫、二〇一四年、五九頁。傍点引用者）

この翻訳では、原文とは異なり、主語を人間（ロングヴィル氏）に変更しているわけですが、こうすると、日本語としてはずいぶん座りがよくなるわけですね。続いて二〇一五年に水声社から出た私市保彦訳です。こちらは、文を分割してはいないものの、柏木訳と同様、やはり「ロングヴィル氏」を主語にしています。

> エレガントでもありながら飾り気のない身なり、あくまでも自然な物腰、礼儀正しい態度、優しくて心の琴線を震わせるようなひびきの声で、ロングヴィル氏は家族全員の好意をかちえることとなった。
>
> （バルザック「ソーの舞踏会」私市保彦訳、『愛の葛藤・夢魔小説選集① 偽りの愛人』水声社、二〇一五年、六二頁。傍点引用者）

原文の無生物主語を訳文においても主語として許容するか否か——相対的に日本語としての読みやすさを重視する翻訳と、中村さんの徹底的な逐語訳との違いは、このような部分に端的に現れてきます。

次に、今度はシュペルヴィエルの作品を見てみましょう。クロード・ロワという作家が編集した『シュペルヴィエル詩集』の中の、ある無題の詩の一部分です。中村訳が先行して一九五一年に出ていますが、この本はその約二十年後に安藤元雄さんによる新訳が上梓されています。安藤訳の方が読みやすく、おそらくすっと頭に入ってきますので、時系列上は逆になりますが、安藤訳、中村訳の順で読んでいきましょう。中村訳で頻用される人称代名詞については、そこだけ傍点を付して強調してあります。

〔安藤元雄訳〕
詩人には　よくしてやりなさい、
これほどおとなしい生き物はない、
心臓でも頭でも貸してくれるし、
苦痛はそっくり引き受けてくれるし、
ふたごの兄弟になってくれる。
形容語の砂漠では、
いたいたしい駱駝に乗って
予言者たちの先に立つ。
（『シュペルヴィエル詩集』思潮社、一九七〇年、一〇二—一〇三頁）

〔中村真一郎訳〕
詩人に親切にしたまへ、
彼は動物のなかで一番優しいものだ、
ぼくらに心と頭をかくしてくれ〔原文ママ〕、
ぼくらの悪の全てを身に負ひ、
ぼくらの双子になる。
形容詞の砂漠のなかで、
彼は苦しみの駱駝に乗つて
豫言者の先を行く。
（『シュペルヴィエル詩集』創元社、一九五一年、一三四頁）

以上のように、ほんの八行ほどを比べてみるだけでも、中村訳における人称代名詞の多用は際立って見えるわけですが、こんなふうにごくはっきりと特徴が出るのが、中村さんの逐語訳式の翻訳です。ただ、これほどまでに翻訳調が目立ってしまうと、読者からの評価もずいぶんと低いものになってしまうのではないかと思うのですが、不思議なことに、中村さんの翻訳はそれ自体が一個の文学作品として、下の世代の書き手たちにけっこう深甚な影響を与えているようなんですね。いましがたご紹介しました『シュペルヴィエル詩集』について言えば、例えば詩人の嶋岡晨さんです。

当時、中村真一郎の訳で「シュペルヴィエル詩集」が刊行され、詩壇の若い人々にすくなからぬ影響をあたえていた。特に「櫂」の人々、中江俊夫、谷川俊太郎、川崎洋らには、はっきりとその跡がよみとれた。私もまた私なりに詩作の中にシュペルヴィエルを匂わせていたことだろう。

（嶋岡晨「生きている死者」『ユリイカ』一九六〇年七月号、一六頁）

さらに興味深いのは、大岡信さんとの対談で、谷川俊太郎さんが次のように発言されていることです。

谷川　ぼくは外国の詩を原文で読んだことはあまりないんだけれども、でも、例えばシュペルヴィエルとかプレヴェールとかに非常に強い刺激を受けた。ぼくの場合には、プレヴェールは小笠原豊樹の名訳なしでは考えられなかったし、シュペルヴィエルも中村真一郎さんの訳を通してなんだけれど。

（大岡信・谷川俊太郎『対談　現代詩入門』思潮社、二〇〇六年、一三八頁）

また別の箇所には、こんなご発言も。

谷川　朔太郎の口語が持っていたような衝撃力を、シュペルヴィエルの翻訳された日本語が持っていたような気がするね。全く新しい日本語だという印象があったね。

（同書、五一頁）

「シュペルヴィエルの翻訳された日本語」のどこがどのように「新し」かったのか、という点については詳述されることがないため、谷川さんのこのコメントには捉えきれない部分もあるんですけれど、ただ、私も中村訳を読んでいると、何となくわかるようなところもありまして、つまり、ひとことで言えば、無骨な感じになるんですね。原文を噛み砕いてくれない、軟らかくしてくれないので、直訳のごつごつした言葉がブロックみたいに積み重なっていくわけですけれども、それでも迫力とリズムがある。必ずしも一般受けはしないでしょうが、ある種の格調とエネルギーとが備わっていることは否みようもなく、そういったものが、作家や詩人の少なくとも一部にはヒットしていた、ということなのではないかと思っています。決して読みやすいわけではないし、大部数が売れて広く巷間に流布したというわけでもないはずなのに、なぜかいろいろなところで反響がある――このあたりが、中村さんの手がけた翻訳の謎めいていて面白いところですね。以上が二つ目のトピックでした。

三　中村真一郎の翻訳経験と文体

三つ目に行きましょう。中村さんの翻訳経験と文体とのあいだに観察される相互作用についてです。

海外文学の「翻訳」と中村さんとの関係の仕方は、大雑把に言って、おそらく二種類があって、一つにはもちろん翻訳者として翻訳を実践するという行為、すなわちフランス語で言えば「traduction」ということになろうかと思うんですが、もう一つには青少年期からずっと継続されていた翻訳文学の濫読、すなわち「lecture」の膨大な蓄積というものがあるはずで、そちらも当然のことながら軽視することはできないと考えています。そのうえで、作家としての中村さんはさらに自分の文章を書くこと、フランス語で言えば「écriture」に従事していたわけですが、これら複数の営みのあいだには、またそれに付随する複数の文体のあいだには、ある種の流れが、影響関係のようなものが存在していたのではないか、などとも思うわけです。つまり、作家としての中村さんの文体は、翻訳書の濫読（lecture）と翻訳行為（traduction）という、「翻訳」にまつわる二種類の経験から影響を受けつつ形成されていった部分があるのではないか、と。

その例としてここで再び取り上げたいのが、先ほども少しだけご紹介いたしました無生物主語構文です。中村さんのエッセイ集——ある時期以降、短い原稿が百本たまるごとに一冊ずつ刊行されていた単行本——が味わい深くて私は好きなのですが、訳書のみならず、中村さんご自身の書き物の中にもずいぶんとよく出てくるな、と思いながら読んでいたのが、この無生物主語構文でした。しかも、相当に抽象的な名詞でさえ、中村さんは躊躇なくご自分の文章の主語に仕立てあげている。そうなると、読者としては、純然たる日本語の文章であるにもかかわらず、まるでもともと英語かフランス語で書かれていたテクストの逐語訳でも読んでいるかのような錯覚に陥ります。一例を挙げてみましょう。

〔堀辰雄の〕代表作長篇『菜穂子』の好評は、その頃生れた多くの娘が、菜穂子と命名されたという社会現象を生んだ。
（中村真一郎『全ての人は過ぎて行く』新潮社、一九九八年、二七〇頁。傍点引用者。以下同様）

これをもっと通りのよい日本語にしたければ、「『菜穂子』が好評を博したせいで〔……〕社会現象が生まれた」のように、いくらでも書き換えはきくはずなのですが、そうはしない。代わりに中村さんの文章の中で目立つのが、無生物主語の使用、そしてそこからほぼ必然的にもたらされる、日本語の――ごく軽微な――ぎこちなさなのです。

この点は訳書においても同様であり、最初期のものの一つ、一九四三年に出版されたネルヴァル『暁の女王と精霊の王の物語』（白水社）の中でも無生物主語構文は多用されていま す。いくつか抜粋していきましょう。「あなたのお申し出は私を煽て上げます」（七四頁）、「いゝえ。そのお話は私を囚にしてをりますわ」（八一頁）、「彼の瞼毛の一動きが、彼をイスラエルの王にするだらう」（八九頁）、「この疑はしい遅延はあなたよりも私を憤激させてゐる」（一八六頁）、等々。どれも一般的には「不自然」だと断じられる訳文だと思うんですが、面白いのは、中村さんご自身が、「もの」を主語に据えたこの種の文の生み出す効果について、大いに意識的であったという点です。というのも、抽象名詞を主語にした森鷗外の文章に感銘を受けた、ということを、一九九一年の講義の中でおっしゃっているんですね。そのときの講義録を書籍化したものである『小説とは本当は何か』から、以下に該当箇所を引用しておきます。

鷗外の小説のなかには、抽象的な言葉を、ヨーロッパの言葉のように、主語にした文章が書かれている。これはじつに革命的で、「運命がふたたび人間に戯れるのは面白い」っていう文章を書くわけで、それまでの日本人はそんな抽象名詞を主語にした文章なんてのは考えてもいなかったわけでしょう。それはものすごくハイカラで面白かったたし、ハイカラだけじゃなくて、新しい観念ですよ。運命という抽象的なものが人間に戯れるっていうような新しい考えかたを彼は日本にもちこんだわけでしょう。

（中村真一郎『小説とは本当は何か』河合文化教育研究所、一九九二年、一二六頁）

とはいえ、中村さんのエッセイで目立つのは、鷗外流に抽象的な名詞を主語に仕立てた無生物主語構文では必ずしもなくて、自分以外の誰かを、とりわけ近しい間柄にある誰かを主語にしたうえで、自分自身はあえて――一歩下がって――目的語の位置に控えている文だ、と言った方が正確なのかもしれません。つまり、一人称の「私」が主語の座を他の誰かに明け渡してしまうことが異様に多いのですね。試しに『わが点鬼簿』（新潮社、一九八二年）から――他の本でも構わないのですが、このエッセイ集には中村さんと交流のあった人々にまつわる思い出話が詰まっておりますので――いくつか例を拾ってみましょう。

その北条〔誠〕君が、ある年の歳末のＮＨＫのパーティーの席上で、不思議なことを言い出して私を驚かせた。

（七二頁）

駒井〔哲郎〕君は再三にわたって私の本の装丁をやってくれ、そのどれも非常に私を喜ばせた。

（七五頁）

それから暫く、高見〔順〕さんは〔……〕私の個人生活のゴシップを口にしては、屢々私を閉口させた。

（八二頁）

そして私が『雲のゆき来』を贈った時、檀〔一雄〕さんは「師匠に読ませたかった」といって、私を喜ばせた。

（九五頁）

ご覧のとおり、毎ページとは言わないまでも、多いときには数ページに一度といったハイペースで登場するくらい、「私」を目的語にした文の出現は頻繁です。後続のページを繰っていっても、その点は変わりません。

或る年の夏、私が万平ホテルの一室に宿を定めたと思うと、直ぐに扉がノックされて高畠〔正明〕君のすらりとしたスェーター姿が現れて、私をギョッとさせた。〔……〕その匂いが私のタバコ特有のもので、だから忽ち私の到着を嗅ぎつけたのだと説明して、更に私を驚嘆させた。

（一〇八頁）

特に近年、彼〔宇佐見英治〕の書くエッセーは一種の超越的な透明な美しさを持つようになり、私を喜ばせている。

（一一五頁）

以上は中村さんがご年配になってから書かれた文章ですけれども、じつはこういった傾向は、学生時代の書き物からもうかがえます。実際、『中村真一郎　青春日記』（水声社、二〇一二年）を紐解いてみると、一九三五年の日記の一部に、「翻訳小説ばかり読んでゐた僕なぞは〔日本語が〕全々下手である」（一九三五年十二月二十七日の日記、二四五頁）とあり、当時の中村さんに、「自分は翻訳小説ばかり読んでいる」という自覚が明瞭にあったことがわかります。そして、その翌年、十八歳の時の日記には、当時濫読していた翻訳小説の文体の影響もあったのか、早くも次のような無生物主語構文の文が――あるいは、一人称代名詞を目的語の位置に置いた文が――見つかります。

Huxley〔オルダス・ハクスリー〕のひらめきは、不思議なつめたさをもつて、私を悩ます。

（一九三六年四月二十一日の日記、三〇〇頁）

彼〔ハクスリー〕は独特な montage 手法を此処でも極く smart に用ひて僕を愉しませる。

（一九三六年四月二十八日の日記、三〇二頁）

「私は悩んだ」とか「僕は愉しい」ではないわけですね。一人称代名詞が目的語の位置に置かれるという中村さんの文体上の特徴が、こんなに早い時期にすでに顕著に出ているということに驚かざるを得ません。しかも、海外文学であれ、森鷗外の文章であれ、青少年期の読書経験を通じてごく早い時期から錬成されていったと思しきこの文体が、はるかに最晩年のエッセイまで切れ目なく続いていくわけです。（ただし、ひとこと付言しておくと、この種の無生物主語構文は、じつは中村さんの小説作品にはそれほど――少なくともエッセイや翻訳作品に見られる頻度では――出てきません。おそらく中村さんは、読者に与える効果を計算しつつ、ジャンルに応じて文体を使い分けていたのだろうと思います。）

さて、次が最後の引用です。『緑色の時間のなかで』で石川淳について語っているエッセイの一節ですが、これを読むと、中村さんがご自身の受動性について――つまり、自らを主語（＝主体）よりも目的語（＝客体）の側に置こうとする性向について――強く自覚していたことがわかります。

　私は対象を――他人にせよ、芸術にせよ――理解するのは、サント＝ブーヴ流に、まずおのれを虚室にして、それを対象によって満たす、恋愛で言えば女性的な受身の姿勢が最初にあり、石川〔淳〕さんの場合は、まことに男らしく、対象に向けておのれを正面から衝突させて、火花を散らすやり方である。

（中村真一郎「石川淳さんの肖像」〔初出一九八八年〕、『緑色の時間のなかで』筑摩書房、一九八九年、一四三頁）

「他人」であれ、「芸術」であれ、私が「対象」を理解する際にはまず「受身の姿勢」をとるのだ、という自己認識がここにはさらりと披露されているわけですが、この点は、中村真一郎さんの文学を理解するうえできわめて重要なのではないか、と私は考えています。というのも、この「受身の姿勢」こそが、すでに見てきたように、他者を主語にして自らは目的語の位置に退く――つまり、誰かに「驚かされ」たり「喜ばされ」たり「悩まされ」たりする側に自分を置く――という中村さんの文体にもそのまま現れているように思われるからです。

　この文体がもたらす効果については、おそらくいろいろなことが言えるでしょう。例えば、自身を主語（＝主体）ではなくて目的語（＝客体）の位置に置くことで、書き手は自らをより客観的な視点から描き出せるようになるのではないか、とか、あるいは、主語の位置に据えた友人・知人やその作品を文の主題として前景化し、その存在や行為を顕揚したり、強く輝かせたりすることにこの構文は一役買っているのではないか、とか……。

　以上は単なる印象に過ぎませんので、いますぐ説得的に論証することはできませんけれども、中村さんがエッセイの中で愛用していたこの構文、他者を動作主の位置に置き、自身はその客体の地位に甘んじるというこの構文は、一人称の主語代名詞による強権的な発話を自らに禁じることで、テクストに独特の温かみを――またときには洒脱さやユーモアを――もたらしており、その意味では中村文体の魅力の淵源の一つとして、大いに注目されてしかるべきなのではないかと考えております。そして、その文体の誕生に「翻訳」の経験が深く関わっていたのではないかという仮説をいまいちど申し上げて、本日のお話は終わりにしたいと思います。どうも長いこと、ご清聴ありがとうございました。

【資料】中村真一郎　翻訳書リスト（フランス文学）

＊　日本古典の現代語訳、青少年向けの縮約版（例＝デュマ『モンテ・クリスト伯爵』）、各翻訳の新版（例＝文庫版）についての情報は省く。なお、【単】、【共】等の意味については、本稿の二一―二ページを参照のこと。

一九四一年（二十三歳）――――

①【単】　ネルヴァル『火の娘』（青木書店）。

一九四二年（二十四歳）――――

②【共】　バルザック『鞠打つ猫の店』（東宛書房）、中島健蔵、安土正夫、岡部正孝との共訳書。中村は「ソオの舞踏会」を担当。

一九四三年（二十五歳）――――

③【単】　ネルヴァル『暁の女王と精霊の王の物語』（白水社）。

一九四六年（二十八歳）――――

④【単】　ジロドウ『シュザンヌと太平洋』（青磁社）。

一九五〇年（三十二歳）――――

⑤【単】　ネルヴァル『ボヘミヤの小さな城』（創元社）。

⑥【共】　ジイド『ジイド全集』第五巻（新潮社）、神西清（訳者代表）、堀辰雄、今日出海、伊吹武彦との共訳書。中村は「プロセルピーヌ」「ペルセフォーヌ」「アジャックス」の三篇を担当。

⑦【共】　ジイド『秋の断想』（筑摩書房）、辰野隆（訳者代表）、新庄嘉章、今日出海、朝吹三吉、河盛好蔵、小松清、吉川逸治、山本功、山田齎、堀口大学、渡辺一夫、原田義人、森有正との共訳書。中村は「ジョゼフ・コンラッド」「アンリ・ゲオン」「クリスチャン・ベック」「アントナン・アルトー」「メルキュール・ド・フランス」「白評論」の六篇を担当。

一九五一年（三十三歳）――――

⑧【共】　サルトル『サルトル全集』第五巻（人文書院）、伊吹武彦、白井浩司、窪田啓作との共訳書。中村は「一指導者の幼年時代」を担当。

⑨【共】　ジイド『ジイド全集』第四巻（新潮社）、石川淳（訳者代表）、山内義雄、伊吹武彦との共訳書。中村は「コリドン増補」を担当。

⑩【単】　クロード・ロワ編『シュペルヴィエル詩集』（創元社）。

一九五三年（三十五歳）――――

⑪【共】　サルトル『サルトル全集』第十巻（人文書院）、伊吹武彦（訳者代表）、多田道太郎、矢内原伊作、窪田啓作、小林正、佐藤朔との共訳書。中村は「ジャン・ジロドウ氏とアリストテレス哲学」を担当。

⑫【共】　プルースト『失われた時を求めて』第四巻「ソドムとゴモラⅠ」（新潮社）、市原豊太、井上究一郎との共訳書。中村は「ソドムとゴモラ」第二部第二章の前半を担当。

一九五四年（三十六歳）――――

⑬【単】　コクトー『双頭の鷲』（新潮社）。

⑭【共】　プルースト『失われた時を求めて』第四巻「ソドムとゴモラⅡ」（新潮社）、井上究一郎との共訳書。中村は「ソドムとゴモラ」第二部第二章の後半を担当。巻末の「あとがき」も執筆。

⑮【単＋】　アルベレス『現代作家の叛逆』（ダヴィッド社）。

⑯【単＋】　サルトル『歯車』（人文書院）。

一九五六年（三十八歳）――――

⑰【共】　〔エマニュエル／ケイロール〕『世界詩人全集』第六巻「二十世紀詩集（下）」（河出書房）、安藤一郎（訳者代表）など、共訳者多

数。中村はエマニュエル「平和の時」「オルフェの劇」「死の術」、ケイロール「大地よさらば」の四篇を担当。
⑱【共＋】〔クローデル〕『世界文学全集』第二期第二十五巻（河出書房）、神西清（訳者代表）など、共訳者多数。中村はクローデル「繻子の靴」の編訳を担当。
⑲【共】アンドレ・モロワ『フランス史』上巻（新潮文庫）、平岡昇、三宅徳嘉、山上正太郎との共訳書。中村は第二篇「文芸復興と宗教改革」を担当。

一九五七年（三十九歳）

⑳【単＋】ピエール・ルイス『ポーゾール王の冒険』（創元社）。
㉑【共】アンドレ・モロワ『フランス史』下巻（新潮文庫）、平岡昇、山上正太郎との共訳書。中村は第六篇「第三共和政」を担当。

一九五八年（四十歳）

㉒【共＋】クロード・エドモンド・マニイ『小説と映画』（講談社）、三輪秀彦との共訳書。

一九五九年（四十一歳）

㉓【単】ルブラン『強盗紳士ルパン』（早川書房）。
㉔【共】コクトー『コクトー戯曲選集』第二巻（白水社）、安堂信也、岩瀬孝、矢代静一との共訳書。中村は「ルノーとアルミード」を担当。なお、『コクトー戯曲選集』全体の編集責任者は鈴木力衛。
㉕【共】〔クローデル〕『世界名詩集大成』第四巻（平凡社）、共訳者多数。中村はクローデル「三声のカンタータ」を担当。訳者代表として巻末の解説文「フランス詩史Ⅲ」も執筆。

一九六〇年（四十二歳）

㉖【単＋】ロブ＝グリエ『消しゴム』（河出書房新社）。
㉗【単＋】シムノン『サン・フィアクルの殺人』（創元推理文庫）。

一九六三年（四十五歳）

㉘【単＋】エイメ『壁抜け男』（早川書房）。
㉙【共】ボードレール『ボードレール全集』第二巻（人文書院）、矢内原伊作（訳者代表）、小佐井伸二、阿部良雄、粟津則雄、高畠正明、安東次男、豊崎光一との共訳書。中村は小佐井伸二との共訳で「ラ・ファンファルロ」を担当。なお、『ボードレール全集』全体の編集責任者は福永武彦。

一九六五年（四十七歳）

㉚【共＋】〔ジロドウ〕『世界文学全集』第二十三巻（集英社）、白井浩司、大久保輝臣との共訳書。ジロドウ、クノーの作品を収めており、中村はジロドウ「天使とのたたかい」「シュザンヌと太平洋」を担当（ただし、後者は一九四六年版の再録）。

一九六七年（四十九歳）

㉛【単】ボアロー＆ナルスジャック『私のすべては一人の男』（早川書房）。

一九六八年（五十歳）

㉜【単＋】クローデル『繻子の靴』（人文書院）。『繻子の靴』の完訳版であり、一九五六年に発表された縮約版とは異なる。

一九六九年（五十一歳）

㉝【単】ヴェルヌ『インド王妃の遺産』（集英社）。
㉞【共】〔ジッド〕『世界文学全集』第三十四巻（講談社）、若林真、三輪秀彦との共訳書。中村はジッド「狭き門」「田園交響楽」を担当。

一九七〇年（五十二歳）

㉟【単】シムノン『かわいい悪魔』（集英社）。

一九九七年（七十九歳）

㊱【改】ネルヴァル『ネルヴァル全集』第五巻（筑摩書房）、中村自身の旧訳「ジェミー」の改訳を担当。

一九九九年

㊲【改】ネルヴァル『ネルヴァル全集』第四巻（筑摩書房）、渡辺一夫訳「緑の怪物」の改訳を担当。

中村真一郎を読む

カズオ・イシグロに「来たるべき小説家としての中村真一郎」をまなぶ

助川幸逸郎

1　中村に対するわたしの「誤認」

はじめに、わが身の「恥」を告白しなくてはならない。

中村真一郎は、言語感覚がするどくない——長年、そんなふうに思いこんでいたのだった。この認識があやまちであると気づいたのはわずか数年まえ、五十の坂を越えてからである。

どうしてわたしはつまずいたのか。そのことは、中村当人のことばがあきらかにしてくれる。

（一）　二十代はじめの私は、自分の資質が描写より分析に向いていることを自覚していた。要するに『赤と黒』の語り口が面白く、『感情教育』には退屈していたのである。〔……〕

由来、分析というものは作者の知的操作が文体に現れるものであり、フローベールの「純粋客観主義」の方法で、作品中に作者の主観の導入を避けるとなれば、小説からは作者の意見は消され、情景だけの連続となる。そして情景は描写によって表現される。

この描写の手法を、ジョイスは人間精神の内面へと転化させた。そこから作中人物の意識の流れの描写がはじまる。意識の流れは、主人公の心のなかを流れて行くイメージなり観念なりを、その流れている現在の時点で捕えて言葉に置き直す。

　それに比べてプルーストは、専ら主人公の記憶を再現するのだから、その一人称の主人公が作者に代って、その記憶の内容を要約し、分析的な言葉に移すことが可能である。(1)


　はやい時期から中村は「分析」にひかれていた。しかし、それのみでは小説が立ちゆかないことに気づき、「描写」のとりいれに苦心したという(2)。

「描写」をおこなうとき、書き手の意図的なはたらきかけは行文から消える。そのことは逆に、書き手の「生理」を濃厚にうかびあがらせる。テクストに書きこまれた「事物の様相」――それをつかまえるのは、書き手そのひとのからだにそなわる感覚にほかならない。わたしたちは「描写」を読むことで、書き手の「感性」や「息づかい」をなまなましく触知する。

　対するに「分析」は、書き手の知性によって抽象化された叙述である。これをとおして、書き手の「生き身」に触れることはむずかしい。したがって、抒情味のようなものを託しやすいのは「描写」のほうである。「分析」が詩的でありうるとすれば、抽象画のような構成美をやどした場合だろう。「抒情詩のような分析」は、原理的にありえない。

　中村の小説文体も、「描写」を廃してはいない。とはいえ、一般的な日本語小説よりは「分析」にかたむく。そこにわたしは、「詩味」の不足を感じてしまったわけである。

2　「自己」に安住できない「感受性の過剰」

　中村が「分析」をもとめるのは、感受性にとぼしいせいではない。実状は逆である。知性による抽象化を経ずに、じぶんの感覚がとらえたものと向きあう。そんな無防備なふるまいにおよぶことは、彼にとって危険にすぎた。それぐらい感受性が過剰だったのである。

（二）　それ〔ジュリアン・グリーンの作品〕はその夢想的な性格のために、現実生活への不適合の度合いが強く、それが更に夢の世界に追いこめられて行くことになる、という私自身の精神傾向を、見事に作品化しているように見えた。
　そして、それは私を魅惑するより、やり切れない思いに誘った。これはカフカの悪夢的世界が余りにも切実であるために、感覚的反撥を誘ったのに似ていた(3)。

（三）どうしてわからないところがあるかっていうと、ジョイスはあの小説をジョイス語で書いたんですね。〔……〕……僕は小説の未来をジョイスがやったような方へもっていくことにはひじょうに反対です。僕はノイローゼの体質があるんで、こっちのノイローゼが刺激されるんですね。[4]

中村は、神経をみだされやすいあまり「渾沌」を忌む。彼の小説では、「不確かな記憶」が構成上の鍵となることも多い。そこには、作家当人の「過去とたよりないつながりしかもてなかった経験」が反映されているようだ。[5] 中村の「自己」の揺らぎやすさは、「記憶」という面からみてもあきらかなのである。

中村は終生、「私小説」を批判しつづけた。「私小説作家」は、「自己」にもたれかかって安閑としている。そのようにおめでたく在れるのは、精神が鈍麻しているからにちがいない。そういう苛だちが、中村の「私小説不信」の根底にあるとわたしはみる。[6]

3　中村的「自己」の今日おける意義

中村にとって、「自己」の輪郭は脆弱だった。それゆえ、「自己」と「他者」、「他者」と「もうひとりべつの他者」、それらの境界もしばしば浸潤される。「わたし」と「だれか」が入れかわり、「だれか」と「だれか」が癒合する。そうした事態が、中村の小説世界では「当たりまえ」におこる。

（四）そして突然、私の意識のなかに奇妙な逆転の感覚が生じた。前庭に立ちどまって、このテラスを見上げている彼——三十年前の幻影の私——のなかに、私が入り、そして、今、テラスのうえからその青年を見下ろしている方の現在の私の視線が、他人のものとなった。
その他人のものとなった視線は、突然に私には成熟した大人びたものに感じられた。ということは、私の気分がそうしたものを、若い自分とは異質に感じたということで、つまり私は青年の心理状態に入っていたということになる。それから、その成熟した視線の他人は、ひとりの中年男の映像となって、遠い記憶のなかから時間の厚い層を切り裂くようにして戻ってきた。それは昔の、近江先生の視線なのだ。あのカタストロフィーの終りの、物資の極度に足りない時期に、この疎開地で息をひきとった先生。その先生は、今、あたかも前世からのようにこのテラスに甦って、前庭に立っている私と視線を交わしている。[7]

（五）　しかし、このように深い喜びを、優里江との抱擁から引き出したことは、今迄、一度もないことだった。そうして、今日、このように私の肉体が狂暴ともいえるような激情に捉えられたと云うのは、優里江への愛が聡子への愛と混じり合っていたためだということも、私には判っていた。

　私は優里江を抱く前に、私が一体、聡子を愛しているのか、優里江を愛しているのかと思い惑い、結局は、私のなかではこの二つの愛は融け合っているのだという結論に達したのだったが、だから、私が優里江を胸に擁《かか》えた時、私の優里江への愛は、聡子への愛との相乗積となって、今迄一度も感じたことのない強いものとなっていたのだ。(8)

　右に引いたくだりをみて、共感する読者はすくないかもしれない。かといって、中村の描く「自己」を、わたしたちと隔絶したものとみなすのは早計である。「じぶんをながめる他者の視線」を、みずからのまなざしとして体験する。それを可能にする機能が、わたしたちすべての脳にそなわっている。(9)また、「記憶」というのは、呼びだされるそのつどに構築される「虚像」なのである。(10)普遍的な「自己の条件」を、極端なかたちで具現している——中村の「自己」は、そういうものとしてうけとめるのが妥当だろう。

　あらゆる「自己」は原理的に、中村の場合とおなじ「不確かさ」をはらむ。この点にわたしたちは、いまという時代だからこそ目を向けなくてはならない。

　現代を生きる人間は、数十年まえと比較にならないほど分断されている。「中間層」は世界的に崩壊し、貧富の差は拡大。いっぽうメディアはタコツボ化し、立場を異にする市民が協議する場はなりたたない。

　ひとにぎりの「勝ち組」以外は、「じぶんはただしく生きているのにこんなにもくるしい」と喘いでいる。そうして、「ズルをしているように映るだれか」が目にはいると、こぞって攻撃せずにはいられない。だが、その「だれか」もまた実情はくるしいのである。くるしむ者どうしが、みずからの「ただしさ」を主張して矛先を向けあい、たがいを傷つける——こんにちの社会は、こうした不毛な対立がつづく「蟻地獄」である。

　中村が批判しつづけた「日本の私小説」は、「じぶんのくるしみの切実さ」を競う。このやりかたでは、「分断」は深まるばかりで、「蟻地獄」からの出口はみつからない。

　中村は、「自己」の多層性にもしばしば言及する。(11)彼にとっては、「じぶん」そのものが不定形であり、重層化している。そこから、じぶんの「ただしさ」や「くるしみ」を声高にさけぶ構えはうまれようもない。中村が記したことばたちにあらためて向きあい、「自己」とは何かを問いなおす。そこを出発点として、「蟻地獄」から抜けだす経路がみつかるかもしれない。そんな希望を、わたしは中村の小説に託している。

4 『クララとお日さま』のクララと、中村の「私」の相似性

中村の「自己」を「蟻地獄」から脱出口としてとらえる。このアイデアを、わたしはカズオ・イシグロの作品によって教えられた。

イシグロの最新作『クララとお日さま』の語り手は、「人工知能をそなえたロボット」[12]・クララである。彼女の知覚や記憶は不完全なものでしかない。クララみずからが、そのことをよく知っている。それゆえ彼女は、意識に浮かびあがる光景を、つねに慎重に吟味する。

(六) ここ数日、私の記憶の断片がいくつか奇妙に重なり合うようになってきています。たとえば、お日さまがジョジーを救ってくれたあの暗い朝の記憶や、モーガンの滝へのお出かけの記憶、バンズさんが選んだ強烈に明るいレストランの記憶が、なぜか一つの場面に混ざり合って出て来ます。〔……〕これが記憶や感覚の失調ではないことはわかっています。というのも、その気になれば、記憶どうしをいつでも分け、それぞれのあるべき文脈に戻すことができますから[13]。

イシグロはしばしば、「事態を正確に語れない主体」を語り手にすえる。

『日の名残り』のスティーヴンスは、みずからを弁護しようとして、なかば無意識に事実をねじまげていく[14]。彼はまた「親の代からの執事」であり、正規の高等教育をうけていない。屋敷の切りもり以外のことは、不完全にしか知らないのである。主人であるダーリントン卿が親ナチス的であった事実を、愛国心にもとづくものとして彼は擁護する。だが、外交にかんする彼の理解は、主人やその友人から嘲弄されるレベルでしかない。あるいは『私を離さないで』のキャシー・H。彼女は臓器提供用につくられたクローン人間であり、「ふつうの人間」同様の「心」があるかどうかをうたがわれている。そういう設定にあわせてであろう、彼女のつむぐことばはたどたどしい[15]。

世界に対し、かぎられた知見しかもてないままあがきつづける。それがわたしたちの「生存の条件」であることをイシ

グロはみぬいている。だからこそ彼が設定する語り手は、これほどまでに「全知」からとおい[16]。そして『クララとお日さま』では、わたしたちがそれぞれの「檻」にとらわれている様子がしめされるのみではない。「檻」のなかに在りながらどのように「外側」を感じとるか。その方法が模索される。

クララはじぶんのみるもの・感じるものをうたがい、ただそうとする。先にもふれたこの特質が、スティーヴンスやキャシー・Hには欠けている。「自己」の揺らぎやすさに目を向けるクララ。イシグロ小説の語り手のなかで彼女のみが、「じぶんにとっての世界」が万人共有のものでない事実を了解している。

クララは、仲間のロボットたちにくらべても、「まなぼうとする意志」がつよい。物語の最後、「製品」としての使命を終えた彼女は破棄される。しかし、処分場にそのように放置されてもなお、周囲を観察しつづけ、記憶の整理をやめない。そんなクララのもとを、「製品」として売りにだされていたときの店のマネージャーがたずねてくる。クララの姿をみとめるとマネージャーはいう。「あなたには特別な能力があった。〔……〕クララ、あなたのことはいつも頭にありました。あなたは、わたしがお世話をした最高のAFの一人です」。店にいた時から、マネージャーはクララに「特別さ」をみとめていた。『あなたはすごいわ、クララ』ローザやほかの子を驚かせないよう、マネージャーさんは声をひそめて言いました。『よく気づいて、よくまなぶAFなのね』」。

クララが「特別」なのは、「知ることへの渇望」を抱えていることによる。この「渇望」は、「不完全にしか知ることができない自覚」と一体になっている。こうしたクララのありかたを、「じぶんの檻」の外側へつながろうとするわたしたちの「モデル」としてしめす。それが、この作品におけるイシグロの挑戦だった。

そして、引用文（六）に書きとめられたクララの心のうごきは、中村小説の「私」になんと似ていることか。ここで行われているのは、「描写」ではなく「分析」である。このくだりにとどまらず、中村小説の語り手を彷彿させることばを、クララはくりかえし口にする。

「わたしたちが抱く『世界とつながっている』という虚妄の感覚。その下にひそむ深淵を、巨大な感情の力をもつ小説において暴いた」――イシグロの「ノーベル賞受賞理由」である。この評は、中村の作品にもほぼそのままはまる。「世界とつながっている」という感覚の虚妄性。中村も小説によって、この事実に読者の目を向けさせようとする（「自己」が不確かであるならば、「自己」と「世界」のつながりも、「自己」の手におえなくなるのは必然である）。わたしたちは「世界」から切りはなされ、ひとりひとりが「檻」のなかにいる。「世界」や「他者」とつながるには、まず「分断されている現状」をみすえなければならない。そのような「まわり道」の必要性を、イシグロとともに中村は訴えかける。

5 「描写の時代」から「分析の時代」へ——あるいは、わたしが「ダメ俳優」だった理由

じぶんの「恥」をさらすところからこの文章を書きはじめた。締めくくりにもうひとつ、「恥」を告白させてもらいたい。

若い時分、わたしは役者になる勉強をしていた。あるトレーナーが主催する演技教室にかよっていたのだが、教室でいちばんの劣等生であった。運動神経がにぶく、不器用なわたしは、どうということもない日常動作さえスムーズにたどれない。その点を注意されるのは、くやしいが納得はできた。ただ、トレーナーの指示にはひとつだけ、どうにも腑に落ちない点があった。

「こういうときに、そんな説明的なしぐさをするやつがいるか？　おまえの演技はリアリズムに反している！」

芝居のなかに没入できたとわたしが感じているとき、彼は決まってそういうのだった。だが、「説明的」だといわれるそのしぐさを、日常のなかでわたしはあたりまえにやっている。ということは、「リアルな演技」とは、「リアルにみせようと仕組まれた演技」のことなのだろうか……いっぽうでトレーナーは、「口先だけの猿まねはするな。舞台では、真正の感情にもとづいて動け！」と口を酸っぱくしている。きつく注意をうながしてくるのも、わたしの演技が「口さきだけの猿まね」にみえるからにちがいなかった。

この問題について、トレーナーは納得のいく答えをあたえてくれなかった。結局わたしは、不信をいだいたまま彼のもとを離れたのである。

トレーナーもわたしも、いまから考えるとまちがっていた。舞台のうえで、日常生活のなかで鬱積した感情を解放する。芝居をするさいに、わたしが第一にもとめたのはそれであった。じぶんの意識がつかまえたものをなまなましく再現したい。それをしたときにたちあがるであろう、迫力とリアリティで観客を圧倒したい。そんなのぞみを抱いていた。

わたしの演技観は、「私小説作家」的な方向にかたよっている。実体験において切実に感じたことを表現すれば、みる側にもつたわる。こんな考えは、「感じる自己」が表現の担保になると信じないかぎりわいてこない。

当時のわたしは、「役」のなかにじぶんと似ている部分を探した。それをみつけられない場合は、できれば演じたくないと考えた。「役」は架空の存在であるのに、それを具現す

べきわたしは、生身の「自己」にもたれどおしであった。[17]

こういうありさまでは、芝居のなかで「他人」になれるはずもない。かりに運動神経にめぐまれていたとしても、わたしは役者としてなにごともなせなかったろう。[18] そうして、わたしが「俳優失格」だった理由と、冒頭に記した「中村を誤解していた経緯」は、おなじところに根ざしている。「自己」を担保としてこそ芸術は真正のものとなる。そういう考えかたにとりつかれ、視野がくもっていたのである。

これに対しトレーナーは、「じぶんがリアルと感じるうごきは、だれにとってもそうみえる」と信じてうたがわない。彼もまた「自己」の盤石さにたよりきり、事態を誤認していたといえる。

役者そのひとの意識や感覚を、それができる極限まで解きほぐす。そしてそののちに、それらを「役」のものとして再構築する。すぐれた俳優は、そうした作業をしているはずである。むろん、容易になしとげられるわざではない。他者にたいする鋭利な観察力。じぶんとってあたりまえになっている感覚をうたがう分析的知性。両者を兼ねそなえることが必須となる。

そのようにして「自己」を組みかえ、「役」に変貌したとき――俳優は「役」という「他者」を理解するのみならず、「自己」のあたらしい可能性を発見する。こうした「自己発見」を、中村は小説を書くことでおそらく得ようとしていた。だからこそ彼は、「私小説」を書くことにはげしく抵抗したのだろう。

国家が強力に民衆を統合し、マスメディアが大きな影響を世のなかにおよぼしていた時代――二十世紀には、モデルとなる「自己像」がひろく共有され、それを鋳型に「自己形成」がおこなわれた。そのようにしてつくられた「等質な自己」があつまることが、組織や国家の紐帯をつよめるとみられていた。ありのままの「自己」が、自然に共感できる芸術。そういうものが、「等質な自己」のあつまりこそよき共同体、と信じられていた時代には評価された。わたしや演技のトレーナーは、ふるいもののみかたに染められていたわけである。

しかし、くりかえし指摘してきたように世界は変貌した。すぐれた俳優のように、あるいは、中村の小説の「私」のように、「自己」をいったん解体して再構築する。それを実践していくしか、わたしたちが「他者」とつながる方法はない。晩年の中村は、時流にとりのこされたと感じていたそうである。[19] このことにかんしてだけは、彼はあきらかにあやまっていた。

中村真一郎はわたしたちのところへ、はやくあらわれすぎたのである

【注】

（1） 中村真一郎「X抽象」『小説の方法——私と「二十世紀小説」』（集英社、一九八一年）。

（2） 注1にあげた書のなかで「私の分析と描写との両方に引き裂かれた方法上の関心は、目下のところプルーストの一人称小説のなかに、その平衡を発見している」と中村はのべている。

（3） 中村真一郎「XI夢」『小説の方法——私と「二十世紀小説」』。

（4） 中村真一郎「小説の未来」『小説とは本当は何か』（河合文化教育出版、一九九二年）。

（5） この点については、井上隆史によるつぎのような指摘がある。「これはよく知られていることだが、真一郎は神経症の治療で電気ショック療法を受けたため記憶の一部を失ったという。だが、記憶の欠落ということは、電気ショックによってはじめて起こった事態ではないのではないか。つまり、電気ショックによる『後遺症』は、真一郎がはじめから抱え込んでいた記憶の不在ないし断片化を後追いする事態だったということができるのである」（「『四季』のアレテイア」『中村真一郎手帖』第八号、水声社、二〇一三年）。

（6） 中村は、正宗白鳥についてつぎのようにいう。「私が彼の初期の自然主義小説を読んだのは二十歳前後の頃であったが、その時、私は奇妙な経験をした。この小説家は彼の同時代の他の作家のように、小説を書くのに『身体を張っていない』という印象を若い私は持ったのだった。『身体を張る』ということは作者の実生活を仕事に賭けるということで、その最良の実例は岩野泡鳴である。しかし花袋も秋声も藤村も、作品を書くのに作者の生活の危機を利用している点は同じことである。或いは小説を書くことによって実生活の危機を乗り切る、と言ってもいい」（「白鳥と自然主義」『中村真一郎評論集成4 近代の作家たち』岩波書店、一九八四年〔初出一九六七年〕）。中村は白鳥を好意的に評する。「身体を張っていない＝なま身の自己に依存して文筆をおこなっていない」からである。「チエホフが『可愛い女』という小説で、夫を変えるごとに生活態度を変えて行く女性を描いたが、白鳥はそういう可愛い女ふうの自然な転身を、ジャンルを変えるのに行いはしなかった。そうした転身を行うのには無意識でなければならず、そして彼はいつの場合も意識家でありつづけた。多くの日本の作家は白鳥に比べれば無意識家である。自ら酔うことによって、自己の無意識を利用して仕事をする。それによって日常的な自己よりも深いところへ入って行き、それで読者を感動させる」（同）。「多くの日本の作家」のように自己を統御するたづなを放す。そうした所業は、中村にはおそろしくてできなかった。それゆえ「意識家」であった白鳥に共感のまなざしを向けるのである。

（7） 『春』（『中村真一郎小説集成 第八巻』新潮社、一九九二年〔初刊一九七五年〕）。

（8） 『恋の泉』（『中村真一郎小説集成 第五巻』新潮社、一九九二年〔初刊一九六二年〕）。

（9） 池谷裕二「脳は空から心を眺めている」『単純な脳、複雑な「私」』（講談社、二〇一三年）。

（10） 注9におなじ。

（11） たとえば『夏』のつぎのような記述。「が、そうした試みを開始しようとした私は、記憶の空間のなかのA嬢が、幾つもの後ろ姿を持って、別々の場所に見えかくれしているという、奇妙な事実に出会った。それはバレーの舞台で、同じお揃《そろ》いのタイツを纏《まと》った人物たちが、それぞれ別の色の照明を浴びて、さまざまな高さの大道具のうえに点在して踊っているの似ていた。そして、その事実は私のなかで長年の自己意識の型となっている『意識の多層性』という考えを、またもや呼び覚ましたのだった」(『中村真一郎小説集成　第九巻』新潮社、一九九二年〔初刊は一九七八年〕)。

(12)　作中では「AF(Artificial Friend)」とよばれる。

(13)　カズオ・イシグロ『クララとお日さま』(土屋政雄訳、早川書房、二〇二一年〔原著二〇二一年〕)。引用は概ね邦訳によるが、一部、表記をあらためた。

(14)　スティーヴンスが「信頼できない語り手」であることは、デイヴィド・ロッジ『小説の技巧』(柴田元幸・斉藤兆史訳、白水社、一九九七年〔原著一九九二年〕)、三四章にくわしい。

(15)　キャシー・Hの語りについて、John Mullan はいう。「一人称小説の語り手は、ゆたかな語彙をもつ場合もある。しかしカズオ・イシグロは、『わたしを離さないで』の語り手であるキャシー・Hを、一貫して文学的言語から遠ざける。最初のページから、常套句を手垢のついたやりかたでもちいることに、彼女はうたがいを抱かない」(https://www.theguardian.com/books/2006/mar/18/kazuoishiguro 二〇二三年三月六日閲覧)。

(16)　この点については、助川幸逸郎「『クララとお日さま』が示す「格差」と「分断」への処方箋」(『kotoba』二〇二三年春号、集英社)参照。

(17)　中村は、しばしば実生活でじぶんが体験したことを小説に書く。この事実をもって、「中村作品にも私小説の要素がある」とみなす考えかたを、前島良雄が批判している(「私小説に抗して　一」、「私小説に抗して　二」『中村真一郎　回想』河合文化研究所、二〇一八年)。わたしも前島に完全に同意する。現実に存在する作者そのひとの実感を、文学的価値のよりどころとしているか。ある小説が「私小説」的であるか否かはそこで決まる。プロットのなかに作者の体験が反映されているからといって、その作品が「私小説」的であるときめつける根拠にはならない。

(18)　「芝居に没頭できたときのわたしの演技」は、わたしの生身の「自己」をそのままさらけ出したものであった。それは、「つたわる表現になっているかどうか」の検証を経ていない。いまからみれば、「演技」以前のものであったと評するほかない。

(19)　佐岐えりぬ「『老木に花』の日々」『時のいろどり――夫中村真一郎との日々によせて』(里文出版、一九九九年)。

中村真一郎を読む

「共感」という魅惑に抗って

広瀬一隆

　高校時代、勉強をサボってよくひやかした大阪の古本屋の本棚に、その二冊は差し込まれていた。『中村真一郎小説集成』（新潮社）の第三巻と第五巻。当時の私は中村さんの文章をほとんど読んだことはなく、戦後派の一人として教科書に載っていた気むずかしそうにパイプを加えている写真から、なんとなく近づきがたい印象を抱いていた。

　そんな高校生がどうして作品集を購入したのか。経緯に関する記憶はもはや曖昧模糊としている。二冊は合計で五千円ほどしたはずだが、即座に購入するわけにはいかず、何度か通いながら埃くさい店内に鎮座する二冊を前に悩み、やがて決心したのだろう。「知る人ぞ知る」作家の作品集に、ちょっと背伸びして手を伸ばしたかったのかもしれない。

　動機はともあれ、この二冊がきっかけになって、中村さんとの長い付き合いがはじまった。

　作品集の二冊には、『夜半楽』や『恋の泉』といった代表作が収録されていたが、なかでも『雲のゆき来』と出会えたことは幸運だった。この作品では、江戸時代の詩文の渉猟を通して当時の文人・元政上人と語り手である「私」の間に「友情」が深まる過程が描かれる一方、現代に生きる「私」と中国とユダヤにルーツを持つ女性との恋物語も同時に展開する。はじめて読んだ際は、時空を超えてプロットが絡まり合うその巧みさまでは十分に味わえなかったけれど、間近で作者の声を聞いているような語り口が、親近感を覚えさせた。文字の向こうに、中村さんその人を感じることができた。

中村さん自身、文学作品の読解において、その書き手を心のなかに感じ、「共感」を深めるのが何よりの悦びだったようだ。『雲のゆき来』では元政上人の生前の様子を想像する描写が随所に挟まれる。こんな一節もある。

> 気が付いた時には、上人が私のなかに住みついていた、と云う具合になっていた。それは丁度、誰か現存の人間と何度か会ったり、噂を耳にしたり、その人から手紙を貰ったり、又、その人の著書を読んだりしている間に、特にその人物を研究しようとしてノートをとったりメモを作ったりしなくても、やはりいつの間にかその人間の肖像が、こちらの心のなかに出来上るのに似ている。

中村さんの「肖像」も、作品を読み通していくなかで、私の心に形づくられはじめた。ちょっと臆病なところもあるけれど、人好きで、世界中の文学作品を読み尽くそうとするかのような読書欲を備えた中村さんとは、とても気が合いそうだった。

それからは中村さんのライフワークである『四季』四部作、『王朝物語』などの評論に目を通して、「読んで読んで読みまくった書き手」の仕事を追った。当時、すでに中村さんは亡くなっていたが、私はおもしろい小説を見つけると「中村さんに紹介したらおもしろがってくれたかな」などと勝手な空想を広げたものだった。

自分のなかに生きる「友人」を読者に紹介するように作品を書き綴る中村さんのスタイルは、ほかの小説はもちろん、福永武彦や堀辰雄、室生犀星など交流のあった文学者に関するエッセー、さらには中村さんが後半生に集中的に執筆した評伝群にも貫かれた。

たとえば『雲のゆき来』と同じく江戸時代を扱った『頼山陽とその時代』の冒頭のページを翻すと、この評伝を手掛けるに至った経緯が説明されている。それによると、四十歳の頃に「神経衰弱」に陥った中村さんは文学者としてのキャリアの危機を迎え、みずからの可能性をひたすらに追求してきた人生プランの変更を余儀なくされた。「一生の文学的な仕事がここで終るのかも知れない、と覚悟を決めさせられた」という。

そこから回復する過程において、中村さんは「無数の可能性の中途半端な実現の束が、人の一生なのではないか」、「殆んどの人間の人生が中断なのではないのか」と思うようになり、「私自身の好悪に関係なく、或る他人の人生のなかに深く入りこんで行くことに、興味をそそられ」はじめた。淡々と事実だけを記した古人の評伝に関心が向いた。

そのなかで手に取ったのが、頼山陽の日々の行状を記録した「日譜」だった。それまで山陽には深い関心を抱いていなかったという中村さんは、読みはじめて早々に山陽に自身と重なる部分を見出した。

山陽は、人生の折々で塞ぎ込んで部屋に閉じこもるようになるなど、中村さん自身と同じ「神経衰弱」に悩んでいたのだった。「私は突然に、頼山陽が私にとって身近かな人間になるのを感じた」。

このときに生じた親近感が、山陽を中心とする当時の知識人たちの姿を生き生きと刻んだ大作として結実した。

『頼山陽とその時代』では、山陽の両親はもちろん、菅茶山や北条霞亭といった現代でも著名な知識人に加え、今となっては知る人も少ない当時のさまざまな文人たちが登場し、彼ら彼女らの残した詩文を通じて濃密な「サロン」の雰囲気が再現される。随所に挟まれる漢文は正直にいって読むのに難渋するが、『自鳴鐘』や『回転木馬』など、複数の人物の心理劇を小説の形に仕立てることを得意とした中村さんの筆致は、それを補って余りあるほど躍動している。

小説からエッセー、評伝に至るまで、現実と虚構、現在と過去とを問わず、中村さんは言葉によって魅力的な人物を次々と刻み出していた。そして、それほど多くの共感できる「友人」をもっている中村さん自身に対して、私が謦咳に接したかったという思いを強めるのは必然の成り行きだった。

*

だが、中村さんの作品に不満もある。作中で描かれる人物はみな「共感」の檻に閉じ込められているようにも思えるのである。

中村さんの創作姿勢は、基本的にみずからの体験をベースにして、さまざまな人物を造形していくものだった。頼山陽については、中村さん自身の「神経衰弱体験」をレンズとして毀誉褒貶の向こうにある文人像を描き出そうとした。『雲のゆき来』においても、「私のなかにでき上った元政上人像は、当時の人の、あるいは後世の作りあげた肖像とは異っているかも知れないが、私だけのもの」だと述べている箇所がある。

後者は小説の一節であってどこまで作者自身の考えそのものであるかはわからないけれど、『頼山陽とその時代』の執筆経緯と合わせれば、中村さんがみずからの体験で裏打ちするようにして、さまざまな人物を造形したことは十分に推測できる。それが読者を作品に引き込む力にもなっている。

しかし中村さんの作品に長年にわたって親しむなかで、私は、その創作姿勢に違和感を覚えるようにもなった。背景には、まさに私自身の経験がある。

今、この文章を書いている私自身は十五年近く、新聞記者として働いてきた。ジャーナリズムというのは、いろいろな定義ができるだろうけれど、思い切って私の言葉にしてみれば「自分の体験からは理解できないこと」を辿る行為である。記者はいわば中村さんとは対極の方法で、文章を紡ぐ立場にある。

記者の仕事のうちで大きな比重を占めるのは、「相手の話を聞く」ことだが、なかでも私がもっとも力を入れてきたのは、事件や事故の犠牲者の遺族への聞き取りである。昨今、遺族取材のあり方を巡っては、「無理に話を聞こうとしているのではないか」といった批判も多い。それらにはうなづける部分もあるものの、やはり私は、誰かが話をしたい可能性が残っている限り取材は必要だと思ってきた。

遺族の大半からは取材を拒絶されるが、なかには、十年以上にわたって話を聞きつづけてきたケースもある。そこで生まれる関係性は、「共感」をベースにしたそれとは異なるものだった。

事件や事故で身近な人を失った経験がない私に、遺族の心情を「理解」しきることはできない。もちろん何度も何度も話を聞き、その心の奥に迫ろうと努めるのではあるが、「相手を理解しきることはできない」という立場からは踏み出せない。生きている相手は「私の心のなかのもの」ではないのである。

事件で亡くなった子どもの遺体に対面した遺族が「むしろ記憶を風化させてほしい」とこぼす気持ち、事故で妹を失った遺族が「もう妹の声が思い出せない」と明かした無念さ。どれも言葉にすればなんとなく「わかったつもり」になりかねないが、それぞれの遺族の胸中と聞き手である私の間には、決して越えることのできない深淵が横たわっている。

確かにこうした遺族とも、『雲のゆき来』の一節のように「何度か会ったり、噂を耳にしたり、その人から手紙を貰ったり」するような関係が築けたとはいえるかもしれない。しかしそこから得られたのはむしろ数々の中村作品で描かれた親密な共感とは逆で、「相手を理解できると考えてはならない」という感覚だった。共感ではなく、「断絶」をこそ強く感じた。

相手との間に横たわるこの断絶について、中村さんならどう考えるのだろうか。

＊

「判らない、覚えていない」

と、私は口籠った。

中村さんがライフワークとして力を注いだ『四季』四部作の『四季』の一節である。『四季』では、戦後社会を生き抜き初老を迎えた作家の「私」が、戦時中に友人たちと過ごした軽井沢らしき避暑地の記憶を徐々に取り戻していく過程が描かれる。

『雲のゆき来』や『頼山陽とその時代』とは異なって、この作品では、過去の自分自身が探究の対象となっている。二十歳の頃に過ごした戦中の記憶は、五十代に達した「私」にとってはもはや忘却の霞に覆われているが、たまたま三十年ぶりに再会した当時の友人Kとともに避暑地を再訪することで、当時の自分たちが暮らした空間を再構築していく。

戦時中、「私」を含めた青年らは、避暑地の山小屋を借り切って共同生活を送っていた。近くには戦後に作家として活躍する知識人らが暮らしており、行き来も盛んだった。「私」とKは四半世紀以上の時を経て思い出の地を再訪することで、往年の交流や、戦時中に多くが落命した仲間たちの運命に関する記憶を回復する。「私」が自身の記憶を再構築する過程が、友人であるKの体験を聞き取る営みと合わせ鏡のように描かれるのも特徴である。

山荘で夏をともに過ごした「私」を含む青年たちは、戦中

中村真一郎手帖　第十六号（2021.6）

中村真一郎と三島由紀夫

と戦後、怒涛のように変化する暮らしのなかで、それぞれが異なる体験に直面した。ある者は命を落とし、ある者は戦後に社会的地位を得た。探求の末に至っても、「私」には顔を思い出せないままである者も少なくない。「私」が完全な記憶を取り戻すことはない。

さらに、物語が進むにつれて「私」とKのそれぞれの記憶の間に齟齬が目立つようになる。例えば「私」が親しくしていたある一人の女性について、Kは「お嬢さん」と「ローズ・マリー」という二人の人物として認識している。「他人」となっていた「過去の自分」と親しい関係を取り戻す一方で、目の前にいる現実の「他人」であるKとは、共通の体験に対する異なる記憶を抱いたままであることが浮き彫りとなる。

過去の自分を取り戻すなかで「私」にとって明らかになるのは、思い出を共有しているはずの友人との断絶だ。忘却の彼方に消えた友人たちを思いながら、「私」は記憶を回復する探求をともにしてきた友人に対してこう述べる。「Kは、青年時代の初期に私がひと夏、起居を共にしたK青年とは、名前の同一性以外には、何の共通点もない」。

物語の結末において、「私」はこうした友人との断絶を、死や孤独の恐怖を無化するような宇宙と合一する「神秘体験」の記憶によって乗り越えようとする。最終的に中村さんは、再び共感に基づく関係性を持ち出すことで人びとの間にある断絶を回避しているかのように映る。

だが、ほんとうにそれでよいのだろうか。むしろ断絶の前に佇みつづけることで見えてくるものはないのか。私の疑問は消えない。

そして、青年期以来、私が親しみ感じてきた中村さんは、やはり「理解の及ばない他人」だったのだと実感する。ちょうど『四季』における「私」とKの関係のように。

しかし中村さんが「理解の及ばない他人」であるからこそ、私はなおのこと、その語りに耳を澄ませたいと思う。これまで自分がたくさんの人たちの話に聞こうとしてきたのと同じように。残された作品を読み解く営みは、これからも続く。

中村真一郎を読む

中村真一郎が見た三好達治（Ⅲ）

短篇小説のなかの作家と詩人

國中治

1　短篇小説と〈私〉

中村真一郎の短篇小説にはどのような特色があるか、という問題提起は、中村真一郎文学の研究においてはあえて迂路を選ぶような観があるかもしれない。中村真一郎という作家が『死の影の下に』五部作を起点に野心に満ちた文学探究の道を歩みはじめ、その果敢な創作活動が『四季』四部作によって大団円を迎えたことは、むろん作家自身の意志と忍耐力の結実であり、日本近現代文学史上の僥倖であり、私たち読者にとっては紛れもない恩寵である。また、作家人生の両端に位置する長大な問題作は、それらが当該作家の原型と集大成との具現化と考えられるだけに、多方面からの分析・検討を適用し得る魅力的な研究対象である。それゆえ『死の影の下に』五部作と『四季』四部作が、中村真一郎研究の王道にいわば函谷関のように高々と聳え立っているのは当然といわなければならない。

では短篇小説は、中村真一郎文学では脇役に徹していて研究には値しないものなのだろうか。そんなことはない。管見に入っただけでも、短篇小説『虚空の薔薇』のイメージの源泉がネルヴァルの詩句であることを検証した論考があり(1)、短篇小説『感情旅行』がネルヴァル〈『火の娘』中の『アンジエリック』の換骨奪胎であり過ぎるのではないだろうか〉と指摘した論考がある。[2] いずれもネルヴァルの専門家らしい説得力のある論述で異論の余地はないのだが、本稿で注目したいのは中村真一郎とネルヴァルとの関係ではない。作中の〈私〉と作中の詩人との関係である。

中村真一郎の短篇小説に登場する〈私〉は、作者中村真一郎と同じく作家である場合が多い。これは一見当たり前のようだが、中村真一郎の場合、作者と〈私〉との連続や重なりを無条件に是認したまま作品を読み進めるわけにはいかない。一人称の語り手が作者の体験をそのまま語るというのは〈私小説〉の常道であり、中村真一郎はその〈私小説〉反対派の急先鋒だからである。〈西欧写実小説は、作者の影を作品の中から消すところから始まるのに反して、「私小説」は作者の影を中心に置く、現実は作者＝主人公の側だけからしか見られない〉。[3] これは若き日の中村真一郎が〈私小説〉の限界を糾弾した言葉である。〈私小説〉からの脱却を果たさなければ日本の小説は西欧の小説と比肩できるまでの成果は上げられない、という中村真一郎の小説観は終生変わらなかった。

一方、『四季』四部作では、〈私〉の作者としての存在感が、結末が近づくにつれ高まっていく。『四季』『夏』『秋』『冬』から成る四部作は、いずれも一人称の語り手が過去の自分自身を語る回想形式であると一応はいえる。だが、最初の『四季』では〈語る私〉と〈語られる私〉とのあいだに時間的な隔たりが確保され、両者の人格・境遇・認識の差違も明確に規定されているのに対し、最後の『冬』になると、〈語る私〉と〈語られる私〉がときに重なってしまいそうなほど時間差は不明瞭になり、両者の属性が多様な次元で混沌としはじめ、やがて相互浸透状態になる。これがどこまで作者の意図を反映したものなのか、もちろん軽々には判断できないし、ここで四部作の語りの問題にこれ以上踏み込むつもりもない。とはいえ日本の小説の改革を企図した中村の取り組みにおいては、作者・語り手・主人公の機能を一手に引き受ける〈私〉の扱い方が焦点の一つであったことは間違いないと思われる。原理的には異なる機能を担いつつも、〈私〉を共有することで否応なく作中での有機的な連携プレーを促され期待される複数の〈私〉。それらの可能性をできる限り抽出して実際の表現のなかに織り込むことが、中村の〈私〉探究の最終課題だったのではないだろうか。それは従来の日本の〈私小説〉とは似て非なる、中村独自の新しい〈私小説〉の創造をも目指したものだったのではないだろうか。

2 〈私小説〉と詩

本稿では短篇小説を中心に中村真一郎の文学を論じたいのだが、作品を個別に検討する前に、やはり中村真一郎の小説中の〈私〉について少し確かめておく必要があるようだ。まず、篠田一士が『四季』四部作完成時の書評のなかで述べた言葉を見てみよう。

〔……〕『四季』四部作は、「私」を主人公とした物語＝小説であると同時に、それを書きつづってゆく、もうひとりの「私」の自己省察の経緯をも物語る、いわばポリフォニックな形式をとっている。〔……〕小説の主人公と語り手が、同一人物のごとく存在しながら、実は、ふたりの人物として共存し、ひとつの小説世界を構成するという、プルースト以来の方法〔……〕は、すでに、われわれの文学のなかに、どっかと根を下し、あたかも不磨の大典であるかのごとく信仰されていた、自然主義以来の「私小説」の、不毛の非文学性を破砕するための、もっとも有力な武器と考えられ、未来を目指す、心ある文学者たちは、その効力の活用いかんに心をくだいたのである。(4)

〈未来を目指す、心ある文学者たち〉の代表的な一人として中村真一郎が数えられていることはいうまでもない。中村の傍らで新しい文学の生成過程を長く見守ってきた篠田の自負も、この文章からは看取し得るようである。篠田一士と中村真一郎は反〈私小説〉派の同志のような間柄なのだ。反〈私小説〉派といえば、周知のように丸谷才一もその旗頭の一人である。その丸谷も『雲のゆき来』の分析・評釈を切口にして、中村真一郎の小説中の〈私〉の特性について論じている。丸谷によれば、随筆が盛んだった大正時代には〈随筆体小説〉という形式が成立・発展し、佐藤春夫や永井荷風がこの形式による名作を制作した。〈これ〔随筆体小説――引用者注〕は一方ではわが私小説から発したものですが、他方、西欧のモダニズム小説におけるいろんな形式の混用や交流を日本化したものと見立ててもかまはない。〔……〕もともと大正文学に親しんでゐて、しかもモダニズムの作家である中村真一郎は、この随筆体小説といふモダニズム小説の仕掛けを、荷風その他よりもいつそうモダニズム寄りにして使ひました〉(5)というのが、時間・空間ともに広大な文学的領野を見渡した丸谷才一の〈見立て〉である。〈随筆体〉であるから主語は当然のように〈私〉で一貫することになる。『雲のゆき来』の〈美学〉や〈楽しさ〉は、この小説が〈語り手＝主人公の生活および恋愛と、彼の口にする文学論とは、どちらが油絵でどちらが額縁か、どちらが振袖でどちらが帯か、言ひにくい構造になつてゐる〉ところに起因するというのも丸谷の〈見立て〉であって、だからこそこの作品では、作者・語り手・主人公が同じ〈私〉という代名詞を割符のように用いて物語の内外を自在に往還する。そういうメカニズムが作動している。

中村真一郎の小説中の一人称については、小久保実も『中村真一郎論』[6]中に〈小説における「私」〉という一章を立て、『熱愛者』、『死の影の下に』、『夜半楽』、『冷たい天使』、『感情旅行』、『雲のゆき来』、『孤独』、『金の魚』といった作品ごとに、〈私〉あるいは〈ぼく〉の位相や機能の変遷の様態を探っている。小久保の丹念な追跡をときにはその問題点も指摘しつつ継承し、さらに中村作品の〈私〉の核心部に肉薄しようと試みたのが入沢康夫である。『雲のゆき来』の〈私〉が体現する破格の自在さを、小久保は〈中村氏は殊更に『私』を混乱させている〉といい、入沢は〈合はせ鏡的な「作者」の多重化・多層化が、作者自身にもコントロールし切れないやうな形で起って来る〉という[7]。『雲のゆき来』の段階では小久保も入沢も、中村流の〈私〉の活用法の斬新さを認めながらもやや批判的な見解に傾いている。しかし『四季』四部作の完結篇『冬』の出現が、この問題に関する入沢の認識を根底から覆したようだ。

ひとつの作品中で、登場人物であり話者でもある《私》が、当の進行中の作品そのものに触れた見解を開陳するというのは、これはやはり、「話者の《私》イコール作者」なのだと（完全な合致は原理的に不可能なのだが）読者は受けとるだろう。作者の中村さんはそこまで読んで、敢てこの道を選んだに違いない。こうした例は、古くはローレンス・スターンやディドロ、より新しくはアンドレ・ジードなどにも見られることであるが、それら達人たちの場合には多少はあれ諧謔味を伴っているところを、われらの中村さんにあってはずっと真剣な、全体小説実現のための不可欠な一手法として選び取られているという感じがする。[8]

以上のように、中村真一郎の小説中の〈私〉は、その変幻自在ぶりで諸家を魅了するとともに戸惑わせたり翻弄したりする存在である。そういう不思議な存在であるからこそ、本稿では諸家とは異なる観点から、この〈私〉の内実にいくらかでも照明を当てたいと考えているわけだ。

本稿では小説をジャンルとして一括りにせず、長篇小説とは別の次元で生成する文学作品として短篇小説を把捉する立場をとりたいと思う。短篇と長篇の相違を字数の多寡のみによって定めるわけにいかないことはいうまでもないが、中村真一郎文学の場合、ここに〈私小説〉の問題が必然性をもって関わってくるという事情もある。

歴とした、正真正銘の新しい形式の短篇小説であることと〔……〕は、なによりも、自然主義以降、「私小説」系の短篇小説群が常套とした、狭小な自己のなかに閉じこもり、半ば無意識のナルシスムの言語機能のなかに、巧妙な作為によって滲み出る、いつわりの詩的情感を断ち切った、非情緒的な散文を武器にしたということである[9]。

例によって篠田一士の〈私小説〉攻撃の言葉である。篠田が〈私小説〉と〈いつわりの詩的情感〉とを結びつけている点に注目したい。己の世界に沈潜し、内面を掘り下げて非現実的あるいは非日常的な感覚や情緒を湧出させるのが詩人の創作方法である、というのであれば単純明快である。だが、ここで篠田は小説と詩の方法を峻別している。詩作の方法が無自覚なまま散文作品に適用されると〈私小説〉になり、それでは〈新しい形式の短篇小説〉は成立し得ないと篠田はいう。英文学者篠田一士は〈詩的言語〉について多角的に探究をつづけた現代詩研究者でもある。〈詩的言語〉の重要性を知悉するからこそ、それによりかからない〈小説言語〉を確立しなくては〈歴とした、正真正銘の新しい形式の短篇小説〉は創出し得ないと考えるわけだ。

〈私小説〉と〈詩的情感〉との繋がりに関連して、中村真一郎の「我が小説観[10]」も見ておきたい。この評論で中村は、文学者の文学に対する考え方を大きく〈文学中心の考え方〉と〈自己中心的な考え方〉とに二分し、日本近代文学では後者が大勢を占めているが西欧の小説は前者に則って制作されており、自分も前者に与すると自分の立場を述べたあと、次の一文で結んでいる。

小説における文学中心の考え方は、寧ろ極めて散文的なもので、自己中心的な考え方の方が、はるかに抒情的発想に近く、また唯美文芸に傾くおそれもあることは、近代日本の小説の幾つかが、既に、事実によって証明している。

〈自己中心的な考え方〉に基づく小説が〈私小説〉を指すことはいうまでもない。さらにだいぶ時間を隔ててはいるが、〈散文的〉あるいは〈抒情的発想〉を小説制作と有機的に関連づける点において、中村の見解が先の篠田の言説に通い合うものであることも看取される。

本稿で短篇小説を取り上げるのは、中村真一郎文学の研究において短篇小説が長篇小説の陰に隠れがちだから、という理由もあるが、より重要なのは、中村真一郎が今引用した文章に表明されているような文学観の持ち主であることだ。私が特に着目する部分をまとめると、以下のようになる。まず、日本文学では短篇小説と〈私小説〉とがほとんど不可分の関係にあること。その〈私小説〉が散文として屹立せずしばしば作者の詩的発想に依拠すること。つまり日本では短篇小説の勘所が詩的要素にあること。日本の近代文学の状況をこのように概括する中村真一郎は、従来の日本文学の状況を打破するためのアンチテーゼとして短篇小説を創作したのではないだろうか。中村は常に既成の文学的秩序に逆らって短篇小説を書いていた、とまでいうつもりはない。が、中村真一郎にとって短篇小説を制作することは、自己の揺るがせにできない問題に取り組むことでもあったはずなのである。

3　作家と詩人

中村真一郎の小説の作中人物が多種多様な仕事に従事しているとは到底いえない。語り手と主人公を兼ねる〈私〉が作家である場合が多いことは既に述べたが、他の人物たちも中村が知悉している職業を割り振られることが多い。たとえば、劇作家・評論家・翻訳家・詩人などの文学者、歴史・哲学・宗教など人文系の学者や教育者（自然科学系の研究者も登場するが彼らの人物造形は概してステレオタイプである）、画家や写真家など文学以外の芸術家、新聞・雑誌の記者や編集者などのジャーナリスト、俳優・監督・演出家など演劇や映画の関係者。その他、中村作品に馴染み深い存在として挙げるべきは、専業主婦と学生と水商売に携わる男女くらいだと思う。作中人物の職業が限られることや、あまり詳しくない職業の人物を描く際紋切り型になったり職業的専門性が捨象されたりすることは、小説の設定や展開において特別批判されるべきことではない。谷崎潤一郎の晩年の名作に登場する大学教授は、この職業に付随する特性を何一つ持ち合わせていないし、川端康成の代表作の一つと見なされている小説に登場する男性会社員は、毎日、朝夕の通勤電車に乗ること以外に会社員らしさを発揮することがない。

さて、作中の〈私〉と作中の詩人との関係について考えるには、その作業の前提として、作中の〈私〉が作家（小説家）であって詩人ではないことが条件となる。ところが現実の中村真一郎は作家であると同時に詩人でもある。この問題に中村はどのように対応したのだろうか。あらためて確認するまでもないが、中村真一郎は文学者としての最初期に日本語による押韻定型詩創作に取り組み、創作の軸足を小説に移した後も折に触れて創作詩を発表している。日本語が内包する可能性を最大限に活用しようとした正統派の詩人、という自負は終生持ちつづけていたと思われる。そのような中村が短篇小説中の詩人を〈私〉から切り離し、別の人格として造型する。これは中村にとって、少なからぬ痛みと覚悟を強いられる行為だったのではないだろうか。その証拠に――というより、その痛みと覚悟を引き受ける強靱さをまだ自らの内部に涵養していなかったというべきか――作家中村真一郎の出発点に位置する短篇小説の主人公は、作家でもあり詩人でもある。

一九四八年八月に出版された中村の最初の短篇小説集『昨日と今日の物語』（河出書房）には、作家と詩人との未分化な状態――人物設定ばかりかイメージや表現の点でも――を随所に見出すことができる。作家である〈私〉と他者である詩人、という設定が小説中に顕在化する前の段階の表現世界がここにはある。そこで『昨日と今日の物語』のなかに形象化されている〈作家と詩人との未分化な状態〉を、まず確認しておきたいと思う。〈目次〉の前に配された〈前書〉は自己陶酔的な美文にはちがいないが、この時点での中村真一郎の文学観・詩人観が凝縮されたマニフェストであり、それ自体一箇の文学作品ともいえるものだ。全文を引こう。

人は、休みなく流れ去る現象に取り巻かれて生きてゐる。

然し、時としてその幻の奥に、何かが仄かにひらめくその時、詩人は叫ぶ。

「立止れ、お前は実に美しい」と。

此の永遠の瞬間を繫ぎとめるものが物語である。

物語はそのやうにして、我々の生きる影の世界と、遙かなイデアの国との間の深淵に架する夢の橋となる。

☆

ここに集められた小さな物語の一むれは、昨日と今日の現象の中に、日本の貧しい一詩人の夢みた、現実の細密画集である。

〈実に美しい〉ことを理由に時に向かって〈止まれ〉と命じたのはゲーテであり（『ファウスト』中の言葉）、〈貧しい〉ことを詩人の条件として数えるのは堀辰雄や立原道造の文学世界ではごく自然な価値観ないし美意識である。ゲーテと自分自身を〈詩人〉という属性の共有によって同列に並べた点に留意したい。少壮気鋭とはいえ、中村真一郎は当時まだ三十歳を迎えたばかりである。(11) だからむろん、自分はゲーテと肩を並べたのだと嘯いているわけではない。そうではなく、文学という深遠広大な世界に自分もいよいよ本格的に仲間入りしたのだという昂揚感が、この〈詩人〉という自己認識には籠められている。中村が多くの場合ネルヴァルを〈詩人〉と呼んでいたことも思い合わせたい。『昨日と今日の物語』の作者中村は文学者の象徴として、迷わず〈作家〉でなく〈詩人〉を選んだのである。

ところで、〈作家と詩人との未分化な状態〉は作者の意識的な操作や工夫によるものか、それとも無意識のうちに作者の詩的教養や嗜好が湧出した結果なのか。〈前書〉の文言を安易に全篇に適用するわけにはいかないが、もしこの〈前書〉を全八篇の基調を提示したものと見なすことが許されるならば、〈作家と詩人との未分化な状態〉は作者の意識的な操作や工夫によるものがかなり大きな割合を占めることになりそうだ。周知のように、立原道造は、古今東西を問わない旺盛な〈本歌取り〉を創作の根幹に据えていた詩人である。その制作の現場に親しく立ち会った中村真一郎であってみれば、立原の詩法を積極的に継承・摂取するのは当然の成り行きであろう。

4 『昨日と今日の物語』と先行するいくつかの作品

巻頭に置かれた作品「転生（二つの手帖から）」（原題「二つの手帳から」、『近代文学』一九四七年一二月号）から見ていこう。〈私〉の手記の形式によるこの小説は「第一の手帖」と「第二の手帖」の二部から構成され、それぞれの手帖がまた十章ずつで構成されている。文学青年が自己告白に類した手記を小説と称してその執筆に熱中するのは現代でも珍しい現象ではないが、中村の「転生」は、その種の創作的記録の延長上にあるものではない。というのもこの作品の場合、一人称の手記の前に〈刊行者の註〉と〈作者序〉とが付されているからである。〈刊行者の註〉の記述によって読者は、手記の執筆者Sが二十歳頃に事故か自殺か判断できない自動車事故によって既に死亡していること、高原で一年間病気療養していたSがその間に綴ったのがこの手記であること、彼の死は友人である刊行者たちに手記を託した翌日であり、それから十年の歳月が過ぎていること、などの情報を与えられる。〈作者序〉の方は短文なので全文を引く。〈此の作品は苦痛のために歪められてゐる。そして、その為に極めて不完全なものとなつてゐる。それは、此の作品が、病者によつて書かれたが為である。此の作品の中の感情は、病者の光学によつて、拡大され分光されてゐるものと信じなければならぬ〉（傍点原文、以下同）。これを読む限り、手記執筆者Sの病気はどうやら身体より精神の方が損なわれるものらしい。弁解めいた一本調子の〈作者序〉からは、〈私〉の状態についてそのような推察をすることができそうだ。読者はあらかじめこれらの情報を頭に入れた上で、〈私〉が語る物語を辿っていくことになる。これは手記とは次元の異なる語りが物語の枠組を形成し、〈私〉の物語を相対化する形式である。〈私〉

とは別の人物が物語の結末〈〈私〉の行く末〉を物語の開始前に暴露してしまう形式といってもいい。この形式がゲーテの『若きウェルテルの悩み』やジードの『アンドレ・ワルテルの手記』でも採用され、いずれも目覚ましい効果を発揮していることは多くの読書人の知るところである。もちろん、中村真一郎の方がゲーテやジードの方法を真似たのである。文学に対する中村の貪欲さを証明して余りある事実といえる。

　では、個々の表現を確かめていこう。「第一の手帖」で特に注意すべき表現は最終章「X　時の外に」にある。全文を挙げたい。

　高原の真昼。まぶしい程明るい薄青い乾いた空に、白銀色の雲が気楽さうに形を変へては流れてゐる。空間は無限に奥深く、透明な光線が後から後からと噴水のやうに溢れ出、遠くの山々が不思議な程近く見える。天地は殆んど生き難い位ゐの空虚な豊かさに満ちてゐる。私は林の中の緑の木蔭に忘れたやうに置いてある白いベンチに腰を下して空を見上げる。水晶のやうな明るさが、私の眼の底にまで浸み透り、何時《いつ》か頬には薄い涙が筋を引き始める。此処には何も人間的なものはない。唯宇宙の中を一面に光の歌が調和《ハアモニイ》をなして流れて行くばかりだ。此処には死の翳りも射さず生の響きも伝はらない。長い薄の群の間を見え隠れしてゐる、森の中の小路には、時々遠くを思ひ出したやうに、赤や緑のスェーターが、現はれるが直ぐまた消えて行つて了ふ。それらは自然の無言の空気を掻き乱すことはない。私は手に持つてゐる杖をそつと動かす。すると白い小さな花を散らしてゐる草地の上を、単調な細い影が、延びたり縮んだりする。それは生でもない、死でもない、善悪を超えた、純粋に非存的な時間の流れであつた。此処に私の傷ついた魂は、限りない明るい静かな絶望の中に、何時までも冷たい眠りを眠つてゐた。……

〈薄青い乾いた空に、白銀色の雲が気楽さうに形を変へては流れてゐる〉という導入部の軽快で瑞々しい対象把握は、直ちに立原道造の詩句〈羊の雲の過ぎるとき／蒸気の雲が飛ぶ毎に／空よ　おまへの散らすのは／白いしイろい絮《わた》の列〉（「雲の祭日」第一連）を想起させる。またこの〈高原の真昼〉という時空間が、いわば数学的な明晰さと野放図なほどの明るさとそれに伴う解像度の高い透明感を擁し、それゆえ〈私〉に遠い世界・遠い時間・遠い人への憧憬や追憶を喚起する装置として機能していることに留意すれば、この表現の成立にたとえば次の作品などが多大な貢献をしていることがわかる。

別離の心は反つて不思議に恋の逢瀬に似て、あわただしくほのかに苦がい《ママ》。行くものはいそいそとして仮そめの勇気を整へ、とどまる者はせんなく煙草を燻ゆらせる束の間に、ふと何かその身の愚かさを知る。

　彼女を乗せた乗合馬車が、風景の遠くの方へ一直線に、彼女と彼女の小さな手携げ行李と、二つの風呂敷包みとを伴れてゆく。それの浅葱のカーテンにさらさらと木洩れ日が流れて滑り、その中を蹄鉄がかはるがはる鮎のやうに光る。ふつと、まるでみんなが、馭者も馬も、たよりない鳥のやうな運命に思はれる。さやうなら、さやうなら、彼女の部屋の水色の窓は、静かに残されて開いてゐる。

　河原に沿うて、並木のある畑の中の街道を、馬車はもう遠く山襞に隠れてしまつた。そして、それはもうすぐ、あのここからは見えない白い橋を、その橋板を朗らかに轟かせて、風の中を渡つて走るだらう。すべてが青く澄み渡つた正午だ。そして、私の前を白い矮鶏の一列が石垣にそつて歩いてゐる。ああ時間がこんなにはつきりと見える！　私は佗しくて、紅い林檎を買つた。

三好達治の「昼」（『測量船』第一書房、一九三〇年一二月）である。割愛し得る部分を途中で見出しがたくて全文を引いてしまった。『測量船』所収の散文詩のなかには「昼」以外にもこの時期の中村の小説創作に示唆を与えたとおぼしき作品が散見されるが、中村の〈遠くの山々が不思議な程近く見える〉と三好の〈時間がこんなにはつきりと見える〉との類似点・相違点を俎上に載せたところでさほど意味はないだろう。表現上の巧拙に焦点を合わせるなら、この段階の中村はまだ三好に対抗する位置には辿り着いていない。だからここでは作品の善し悪しよりも、文学界参入の昂揚感に促された中村真一郎が先行作品をいかに貪欲に摂取したかを瞥見すれば足りる。

「転生」後半の「第二の手帖」に進もう。第二章「II　砂漠」は次のように始まる。

　私の悲しい魂が大きな蝶のやうな翅を生やして、茫々たる空間を飛んでゐた。見下すと一面の砂漠が緩やかな起伏をなして、限りなく拡つてをり、私は最早疲れ切つてゐるらしかつた。

　日本の近代詩がよほど苦手な人でない限り、この一節を目にして萩原朔太郎の詩篇を連想しないことは難しいだろう。〈てふ　てふ　てふ　てふ　てふ　てふ　てふ〉というオノマトペに先導されるかのように〈むらがり　むらがりて飛びめぐる〉〈白い蝶類〉（「恐ろしく憂鬱なる」）、また、〈重たいおほきな羽をばたばたして／ああ　なんといふ弱弱しい心臓の所有者だ。〔……〕ああ　なんといふ悲しげな　いぢらしい蝶類の騒擾だ。〉（「月夜」）など、萩原朔太郎の第二詩集『青猫』（新潮社、一九二三年一月）では爛熟した性の感覚が大きな疲れた蝶に形象化され憂鬱そうに飛び交う作品群がある。主格を〈私の悲しい魂が〉のように把握する手法にしても、萩原朔太郎に〈よにもさびしい私の人格が〉（「さびしい人格」）のような、より巧緻な先例がある（『月に吠える』感情詩社、一九一七年二月）[12]。蝶ではなく鴉ではあるが、羽をもつ生き物に変身して疲労困憊の状態のまま強いられて飛んでいく惨めさ・虚しさが、三好達治の散文詩「鴉」（『測量船』）の主題や情調に通じることは見易い。さらに砂漠という一種抽象的な空間を救いも頼りもなく彷徨する設定は、蒲原有明のソネット「智慧の相者は我を見て」（『有明集』易風社、一九〇八年一月）に倣ったもののように思われる[13]。イメージ上の重なりが認められるのは、「智慧の相者は我を見て」の第三連と第四連の前半二行である。その部分だけ挙げよう。〈眼をし閉れば打続く沙《いさご》のはてを／黄昏に頸垂《うなだ》れてゆくもののかげ、／飢ゑてさまよふ獣かととがめたまはめ、／／その影ぞ君を遁れてゆける身の／乾ける旅に一色《ひといろ》の物憂き姿、〉。もう一つ、「転生」のこの箇所は私に中村真一郎の別の小説の一場面を想起させた。『孤独』（『文芸』一九六六年七月号）の初めの方に出てくる、ホテルの部屋のなかを孤独が蝶のように舞う場面である。無数の〈孤独〉が意思をもつ生き物のように部屋中にパッと散る鮮烈な光景を、「転生」の描写と比較してみたい。そう思わないわけではないが、本稿での検討の対象は短篇小説に限っている。中程度の長篇『孤独』を扱う余裕が今はないのだ。

「第二の手帖」の最終章「X　再生」は次の通り。これも全文である。

輝かしい、明るい悲しみが、私の周囲を大きく周つてゐる。遠くの鋪道の雑踏が微かな反響を空に伝へる。私は高く銀色に噴き上る水を眺めながら、ほの暖かい日射しを浴びて、芝生の上に横になる。様々の過去の追憶が、日の光の中に躍る水玉と共に湧き出るが、極く悲しい想ひ出さへもが、一様に深い喜びに似た影を帯びて、青空の彼方へ消えて行く。全ては秋に包まれてゐるのだ。そして、時々、頭上の枝から舞ひ落ちて来る朽葉にも拘はらず、秋は生への出発を、私の心に囁いてゐる。遠くから木の間を伝つて、少女達の華かな合唱の声が、流れ拡がつて来る。秋だ。そして私は再び都会に帰つて来た。

秋だ。人は生きたいと思ひ始める。

〈私〉の手記はこれで結ばれるが、小説『転生』はここでは終わらず、手記より少し小さい文字の、カッコに括られた付記が結びとなる。巻頭に対応しての、駄目押しのような巻末である。

（刊行者の註――最後の断片は死の前日に書かれた。）

〈生きたいと思ひ始める〉という言葉の直後に布置された〈私〉の死の再確認は、運命の非情さを読者の胸に刻印するだろう。が、〈生きたいと思ひ始める〉という同じ言葉から〈いざ生きめやも〉を連想する読者もいるのではないだろうか。この句の前にある文言は、もちろん〈風立ちぬ〉である。堀辰雄ばかりでなく立原道造も、夏から秋へと転換する季節のなかで人生の季節も変移していく様を精妙に捉えている。「転生」の最終章が次に掲げるソネットと無縁のまま成立したとは考えにくい。

また落葉林で　　　　立原道造

いつの間に　もう秋！　昨日は
夏だつた……おだやかな陽気な
陽ざしが　林のなかに　ざわめいてゐる
ひとところ　草の葉のゆれるあたりに

おまへが私のところからかへつて行つたときに
あのあたりには　うすい紫の花が咲いてゐた
そしていま　おまへは　告げてよこす
私らは別離に耐へることが出来る　と

澄んだ空に　大きなひびきが
鳴りわたる　出発のやうに
私は雲を見る　私はとほい山脈《やまなみ》を見る

おまへは雲を見る　おまへはとほい山脈を見る
しかしすでに　離れはじめた　ふたつの眼《まな》ざし……
かへつて来て　みたす日は　いつかへり来る？

「また落葉林で」の第一行から第二行にかけての詩想がボードレール「秋の歌　Ⅰ」の詩句〈昨日は夏だった、いまは秋！〉（安藤元雄訳）を下敷きにしていることは周知に属する。中村の小説制作の基底に幾重にも積み重なった豊かな文学的土壌があったことを裏書きする一例である。

『昨日と今日の物語』の三番目の小説「皇妃」（『思潮』一九四八年一月号）には、珍しく〈詩人〉の具体的かつ詳細な描写が登場する。ある青年が図らずも三重の〈待つ〉行為――バスが来るのを〈待つ〉、物語が展開するのを〈待つ〉、少女との恋愛が進展するのを〈待つ〉――に巻き込まれてしまうところに作者の工夫が凝らされたスピード感のある小説なので、〈詩人〉が登場する場面は、全体の流れのなかでは一種の間《ま》であるかのように見える。が、そうだとしても描写が妙に細やかで、いかにも誰か実在の人物をモデルにしているような書きぶりなのである。〈詩人〉の外貌や表情、また〈詩人〉に対する青年（僕）の感情は、次のように描出されている。

〔……〕今度は急に、その架空の笛の音のさなかから、或る現代の詩人の姿が、青年の心に浮び上つて来ました。昼のやうに明るい能楽堂の中。座席に深く腰を下して、腕組みをした儘、眼を閉ぢてゐる、病人のやうに蒼白い顔色の和服の人。耳の後ろにかぶさつてゐる、延びた髪にも、神経質に結ばれた唇にも、浅い眠りを眠つてゐる人のやうな、何か痛ましい弱々しさが感じられる。その詩人は、舞台から流れ出て来る名人の笛の音に、より深く心を揺られようとして、わざと眼を閉ぢてゐるのだ。

……

それは、『更級日記』、あの王朝の上流婦人の mémoire に関して、非常に美しいエッセエを書いた詩人でした。僕はあの人は、あの時たつた一度見かけたきりだが、それでもあの詩人の心の中に、いかに生きいきとその日記の筆者が息づいてゐるかが、その眠つた病人のやうな顔や姿から、ありありと認められた。

引用した二つのパラグラフのうち、前半の〈詩人〉ならばモデルは加藤道夫、後半の〈詩人〉ならばモデルは堀辰雄、と考えるのが妥当だろう。中村真一郎は『感情旅行』でも加藤道夫をモデルとする青年との対話を〈ぼく〉の記憶として浮かび上がらせ、その場所を〈水道橋の能楽堂の廊下〉としているし、[14]『更級日記』への愛着が嵩じてそれを小説にもエッセイにも書いたのは堀辰雄である。[15]当方の調査の不徹底と浅学非才を曝け出すようで恥ずかしいのだが、どちらか一人に片寄せることでこのモデル問題に決着をつけることは、少なくとも本稿では不可能なようだ。もっとも、劇作家の加藤道夫と作家の堀辰雄を共に当然のように〈詩人〉と呼び慣わしているところにこそ、この場面が組み込まれた真の意味があったのかもしれない。

『昨日と今日の物語』の五番目の作品、「水精」（『綜合文化』一九四七年一〇月）で一際目を引くのは次の表現である。

友人の声が、彼の凍つた夢の上を、石鹸のやうに優しく滑る。石鹸玉の周りを外の景色が滑るやうに。

この、一見さりげないが、映画の発明がなければ出現し得なかったダイナミックな表現は、直接的には堀口大学の訳詩集『月下の一群』（第一書房、一九二五年九月）に源泉をもつと思われる。

シヤボン玉の中へは
庭は這入りません
まはりをくるくる廻つてゐます

（ジヤン・コクトオ／堀口大学訳「シヤボン玉」）

「シヤボン玉」の鮮やかな表現効果は横光利一の創作意欲も刺激したようで、シャボン玉を馬の額の汗の粒に置き換えてクローズアップしていく映像を、そのまま言語化したような卓抜な一文が「蝿」（『文藝春秋』一九二三年五月号）にはある。先輩作家横光を深く敬慕していた中村である。「蝿」の表現から摂取したものも大きかったはずだ。

馬車は炎天の下を走り通した。そうして並木をぬけ、長く続いた小豆畑の横を通り、亜麻畑と桑畑の間を揺れつつ森の中へ割り込むと、緑色の森は、漸く溜った馬の額の汗に映って逆さまに揺らめいた。

（「蝿」九）

『昨日と今日の物語』の七番目の小説『灰姫』（『人間別冊・人間小説集』一九四七年一二月）は、平凡な会社員の青年が炎暑と孤独のせいでストーカーのような行為を犯してしまう物語である。平凡とはいっても、彼は職場の机の中に詩集を開いたまま入れておいて、仕事の合間に〈一寸手が空けば、直ぐ抽出を開けて、慌だしく眼をその上に走らせる〉ような人だから、文学青年と呼ばれるだけの条件は備えている。ただし自ら創作に取り組もうとする気概はない。〈俺の肉体には、毎日の仕事の疲れが、次第に深く刻まれて行く。そして心だけは相変らず、ますます強く自由な呼吸を求めて、羽ばたかうとする。俺の生の故郷へ。追憶へ、詩へ、輝かしい光の波へ！〉という青年の呟きは、〈故郷〉と〈追憶〉と〈詩〉の三重奏が『四季』派の世界観との共鳴を期待させるが、彼が自ら表現行為に赴くことはない。街で偶然見初めた少女を執拗に追ってきても、彼女が別の男と親しく交わるのを目の当たりにしても、彼は焦慮に駆られつつ、ただ空しく眼前の光景を眺めているばかりである。だから作中にふいに響き渡るボードレールの詩句〈やがて我等、冷き闇に沈み行かん、／さらば、束の間の儚き夏の光りよ！〉が、主人公の内面の正確な投影であるとはいえない。これはむしろ彼の妄想を具現化したイメージである。ボードレール「秋の歌」は夏の終焉とともに訪れる恋人たちの別離を歌っているが、「灰姫」の主人公はまだ少女と知り合ってすらいない。青年に〈我等〉とか〈さらば〉とかいわれたら、少女の方はまず戸惑い、それでも彼が自分の勘違いを訂正しなければ、次に彼を警戒し、誰かに助力を求めるにちがいない。この場合の誰かとは、むろん主人公とは別の、少女を守ってくれる逞しい青年のことである。

*

以上、『昨日と今日の物語』所収の短篇小説群をめぐりながら、それぞれの作品内で〈作家と詩人との未分化な状態〉がどのような様相を呈しているかを見てきた。この確認作業を踏まえて、次に〈作家と詩人とが分化する状態〉がどのようなものであるか――どのような特色をもち、どのような型があるのか、また中村真一郎文学全体の展開のなかでそれらがどのような変容を見せるのか（あるいは、見せないのか）――を検討すべく、いろいろ構想を膨らませてはいたのだが、如何せん、今回はここで時間も紙数も尽きてしまった。本稿の主題である中村真一郎の短篇小説における〈作家と詩人〉の考察は、別稿に回すほかないようである。

【注】

（1）朝比奈美知子「中村真一郎の「薔薇」を追って――短篇「虚空の薔薇」と初期の詩」（『中村真一郎手帖』第一六号、二〇二一年六月）。

（2）入沢康夫「『四季』四部作についての雑感一束」（『中村真一郎手帖』第五号、二〇一〇年四月）。なお、『感情旅行』をめぐる影響関係やその成立事情については、小久保実『中村真一郎論（戦後作家論叢書）』（審美社、一九七五年九月）に詳細な分析と検証がある。

（3）中村真一郎「伝統の曲り角で」（『群像』一九五〇年六月号）。のち、『文学の創造』（未来社、一九五三年九月）に収録。

（4）篠田一士「『冬』から『四季』の眺め――中村真一郎の四部作」（『新潮』一九八五年二月号）。のち、『樹樹皆秋色』（筑摩書房、一九八九年二月）に収録。

（5）丸谷才一「『雲のゆき来』による中村真一郎論」（『群像』二〇〇六年七月号）。

（6）小久保実、前掲書。

（7）入沢康夫「中村真一郎の小説における「私」――過去の分析に対する若干の補足」（『国文学　解釈と鑑賞』一九七七年五月号〈特集＝中村真一郎のすべて〉）。

（8）注2に同じ。

（9）　篠田一士「短篇小説のなかの詩」（『文学界』一九八三年一〇月号）。のち、『篠田一士評論集　1980 ～ 1989』（小沢書店、一九九三年六月）に収録。

（10）　中村真一郎「我が小説観」（『群像』一九六〇年七月号）。のち、『告別療法』（河出書房新社、一九六二年六月）に収録。

（11）　〈前書〉末尾には〈一九四八・一〉という日付が添えられている。中村の誕生日は三月五日なので、正確にいえば、〈前書〉執筆時は満二十九歳十カ月である。

（12）　中野重治の詩「夜が静かなので」でも、〈父のかなしみが［……］口をあいて眠つている〉のように、通常の文法に従えば〈かなしい父〉あるいは〈かなしみを抱えた父〉とすべきであるのに、形容詞とそれがかかる名詞の順序を逆転させ、〈かなしみ〉を主語に据える変則的方法をとっている。中野重治の方法は語の倒叙という点では萩原朔太郎や中村真一郎の方法と共通するものの、強調される語の性質の点では質的な差違がある。

（13）　中村真一郎にとって〈蒲原有明は最も完成した詩人〉であった。〈厳密な形式の創造、一回的な語の配列に対する異常な追求、作品の与へる効果への絶えざる運算〉を挙げて、有明は〈詩作行為に対して極度に意識的である〉と、その高い評価の所以を述べている。以上、「有明の宇宙」（『文芸』一九四七年一一月号）。のち、『文学の魅力』（東京大学出版会、一九五三年五月）に収録。

（14）　一九五三年の日付をもつエッセイ「折口博士」、一九五五年の日付をもつエッセイ「加藤道夫――四つの断章」（共に『聖者と怪物』〔冬樹社、一九七二年四月〕所収）などにも、加藤道夫と能楽堂でしばしば行き会ったことが記されている。

（15）　『更級日記』に材を取った堀辰雄の小説は『姨捨』（『文藝春秋』一九四〇年七月号）であり、その制作の背景を描いたエッセイが『姨捨記』（『文学界』一九四一年八月号）である。後者は単行本『曠野』（養徳社、一九四四年九月）に収録の際、『更級日記』と改題された。

＊　なお、作品の引用は原則として初出誌または初収単行本に依り、漢字は新字体に改め、ルビは適宜省略した。

中村真一郎的文学世界の価値

中村真一郎さんのこと

野川忍

1　唯一の邂逅

正確な年月日は思い出せないが、私にとって人生の貴重な財産の一つとなっているのが、中村真一郎と「ツーショット」を撮った日の思い出である。私がドイツから帰国してから中村真一郎が逝去するまでの間であるから、おそらく一九九四―九五年ではないかと思われるが、軽井沢高原文庫の会の催しの一つで、裏庭にあつらえられた野外パーティーに参加者として訪れていた私は、居合わせた中村真一郎を発見し、臆せず「一緒に写真を撮っていただけますか？」とお願いしたところ、気軽に応じてくれたのである。もはや最晩年の頃に当たるので、七十五歳前後であったと思われるが、何より驚いたのは彼の背の高さと、年齢の割にはがっしりとした体格で、いつもご自分の健康については頼りない内容を書いておられたので特に印象に残ったのかもしれない。

中村真一郎は残念ながら、二十一世紀も輝きを失わない、という作家とはみなされていない。かなり大きな書店に赴いても、その著作が棚に並んでいるということはめったになく、この点では盟友の加藤周一とも、また福永武彦とも差があるかもしれない。しかし、中村真一郎の会が今なお継続されていることからも明らかなように、彼の本領である戦後派文学の形成という業績とその成果とは決して色あせていないと、中村ファンの一人としては信じているところである。

2 加藤周一と中村真一郎の影響

多くの愛読者がそうであると思われるが、私にとっても、中村真一郎は加藤周一と切り離せない。中村真一郎を認識した最初の契機は、新潮文庫の『王朝文学論』であって、平安文学に詳しい評論家という印象を残しただけであったが、すぐ後に『1946・文学的考察』を読んで、当時二十六、七歳の青年三人による知的で清新で興奮を誘うほどの濃い内容に圧倒され、特に加藤周一と中村真一郎の著作をむさぼるように読むようになった。福永武彦はこの二人に比べると玄人好みのイメージが強く、その多くを読みはしたが、自分の感性や知性の形成に与えてくれた影響は加藤・中村には及ばない。

中村真一郎と加藤周一は、フランス、軽井沢、戦後民主主義、群を抜く知性などの共通点を有しつつ、政治への対応、国際的活動の比重、文学者としての立場などに大きな相違がある。しかし、二人が親友であって有形無形の協力と連帯を持続していたことは、ファンとして二人の活動を共に注視して来た者には望外の幸運であった。その理由は三つある。

第一に、若いころは病弱で本ばかり読んでいた自分にとって、ヨーロッパ、とりわけフランスの文化・歴史・現状につき、文学的視点と社会的観点の双方から総合的で重層的な情報を惜しみなく与えてくれる二人は、その後のヨーロッパへの強い関心を強めてくれた恩人であり、長じて法学の研究者となってからも、専門はドイツであって暮らしたのも南ドイツのミュンヘンであるが、ヨーロッパ全般を研究の対象としたことは二人の影響が最も大きかった。

第二に、もし、加藤周一の広範で目配りの行き届いた評論だけを読んでいたり、中村真一郎の深遠で膨大な文学評論や小説だけに接していれば得られなかったであろう視野の広さと知の世界の魅力に接することができたことも貴重な経験であった。中村真一郎の「評論集成」、「小説集成」、膨大な文学評論集による、気が遠くなるような文学の世界と、「加藤周一著作集」、同「自選集」、「夕陽妄語」、講演集、対談集などによる果てしなく広く深い知の宇宙は、私だけではなく、日本と世界の、人間的で誠実であろうとする者に決定的な刻印を付したはずである。

第三に、二人を通して、軽井沢は私にとり、単なる観光地ではなく、日本的情緒と感性とは異なる文化の拠点としてのかけがえのない場所となった。厳密には、加藤周一は追分に夏の住処を得ていたが、もちろん、重要なのは具体的な場所ではなく、中村真一郎のいう「文化的価値としての軽井沢」である。品性に裏打ちされた個人主義と、責任を自覚した自由主義と、欧米文化と日本文化および伝統と革新との魅力ある調和などは、確かに「向こう三軒両隣」を基本とする迎合主義的、同調優先的な日本の社会常識に健全な距離を取らせてくれる。それは、中村真一郎が最も強く主張し、実践したところであるが、加藤周一もまた、同じ基盤を有していたことは言うまでもない。

中村真一郎と加藤周一の公開対談を、一度だけ、日本詩人の会の催しで生で聴いたことがある。明晰でわかりやすく、しかし刺激に満ちた二人の対談の中心的なテーマは、文化の力、命のかけがえのなさ、平和のゆるぎない尊さ、自ら考え行動することの重要性といった、「変わることのない価値」の確認ということだった。まさにそれこそが、二人を最後まで強い友情の絆で結び付けていた原点であったろう。我々が継承すべき二人の遺産もここにある。

3　軽井沢の変貌と中村真一郎

それにしても、やはりいっぱしの文学少年を気取っていた私にとって、中村真一郎の影響は計り知れない。瀬戸内寂聴が「長くてあまり面白くない小説を書く」と評していたのには苦笑するが、確かに中村真一郎の小説は必ずしもエンターテインメントとしての面白さは強くない。初期の五部作や、最も知られている『四季』四部作、『四重奏』四部作など、ファンにとってはどれも興味深いが、確かに一般性は薄い。頼山陽、蠣崎波響、木村蒹葭堂の評伝も、必ずしも一世を風靡したとは言えないだろう。むしろ本領は、膨大な数の文学評論であり、これだけで数十冊になるその中身は、古今東西の文学の魅力を余すところなく伝えてくれる。しかも、教科書的な紹介叙述ではなく、彼自身の追従を許さない深い読み込みと共感にあふれており、実際私も、立原道造、堀辰雄、芥川龍之介、ネルヴァル、ジョイス、プルースト、等々の数知れない文学世界を、彼の導きによって堪能した。

その面白さ、浩瀚な知識にうらづけられた適切な評価の底流に、やはり軽井沢文化の影響を見逃すことはできない。たとえば川端康成の真骨頂は日本文化の伝統の西洋世界への紹介などではなく、新感覚派としての洗練されたモダニズムにあるという主張などはその典型であろう。軽井沢の文化的伝統は、湿っぽく情緒におもねって一時的な感情的高揚を惹起させるような手法、形式を拒否し、情念と理知の普遍性に十分に訴え得る内実を有している。その文化的伝統が、中村真一郎の小説と文学評論を貫いており、だからこそ、彼の業績を丁寧に追ってきた者には、世紀を超え、国境を越えた価値を見出すことができるのであろう。

しかし軽井沢は変わった。一九九八年の長野オリンピック前に強引に通された新幹線と高速道路のおかげで、東京からショッピングと観光のために日帰りで往復できるスポットの一つとなってしまい、広大なアウトレットに群がる人々とショー記念礼拝堂を訪れる人々の数は比較にならない。軽井沢と言えばアウトレットと連想する人びとが、現在では残念ながら多数派であろう。軽井沢に腰を据える文学者の数も急減し、先に亡くなった加賀乙彦の後、軽井沢高原文庫を支えるのが誰になるのか、同文庫の会員でもある私も心もとない。中村真一郎が館長を務めていて、加藤周一も、北杜夫も、朝吹登美子、室生朝子、堀多恵子も存命であったころを知る者としては、中村真一郎が伝えてくれた軽井沢の文化的価値の力強い継承がなお実現することを願ってやまない。

4　二〇五〇年への展望

最後に、今年数えの古希を迎える中村真一郎ファンとして、二十一世紀半ばの二〇五〇年の、中村真一郎的文学世界の帰趨を希望的に展望したい。ＩＴ技術の高度の進展や、ＡＩの普及や、メタバースの急速な発達は、早くもその限界を見せつつある。スマホにしがみつくことによる心理的視野狭窄の広がりがラベリングや衝動的暴力の温床になっていることはすでに常識となりつつあるし、精神医学や心理療法の世界ではエビデンスではなくナラティブの重要性が確認されている。人類が残してきた文化、とりわけ文字と音による文学の世界の高度に洗練された価値の重要性は、おそらくここ十年ほどのうちには見直されるであろうし、私もぜひ生きて体験したいと願う二〇五〇年の世界では、媒体が紙であれ電子媒体であれ、再び中村真一郎が過去の世界から形成し、次代へとブラッシュアップしてくれた文学の豊かな価値が人類を潤していることと信じたい。

中村真一郎さんのこと

中村真一郎、その原点を探る

本田由美子

はじめに

私が中村真一郎を初めて知ったのは何時の頃だったか、確か王朝文学を語る作家として認識したときだったような気がする。時を経て、中村真一郎に覚醒したのは、一九九三年五月「日経新聞」に掲載された「私の履歴書」に注目したときであった。第一回の記事を読んだ時の衝撃は大きく、「履歴書」三十日分を全て切り抜いてノートに貼った。今、それが手許にある。中村真一郎の著作のスケールの大きさは博覧強記そのもので途方にくれそうになるが、改めて「履歴書」を読み返してみると氏の原点を垣間見ることができそうである。

「私の履歴書」、『王朝物語』、『人生を愛するには』、『文学　この人生の愉しみ』などを参考にしながら、中村真一郎の世界観と心理的傾向、目指したものを探っていきたいと思う。

世界観と心理的傾向

中村真一郎は幼時に、父方の伯父の厳格で地主的家風と母方の祖母の寛大な江戸下町風の家風との間を往復して育てられ、母が亡くなった十歳頃、父の元に引き取られると、国際的ブルジョワの近代個人主義の父と、大阪の古い花柳界出身の義母との間で、表裏二面の教育を受けた。その後も自分の意志に関係なく、周囲の利害関係によってたらい回しにされたおかげで、十代半ばには、日本の社会を鳥瞰的に見下ろす、全体小説作家の眼を養っていたのだ。ただ、中村真一郎の根本的土台を創ったのは父の教育によるものだ。小学校に入ったばかりの頃、法隆寺に連れていかれ、列柱の中央の膨らみはエンタシスというもので、ギリシアのパルテノン神殿の大理石の列柱と同じ力学的曲線を持っているので、「人類の文明はひとつなのだ」と教えられたことが生涯を貫く氏の信念となった。生涯にわたり、洋の東西を問わずあらゆる文学を縦横無尽に読み尽くし、自らも表現していく原動力はここにあったのだ。

また、父は女性という存在が男性にとって不可抗な魔力があることを語ってくれた。何人もの光り輝くような女性に引き合わされ、観劇や映画、納涼園遊会で、幼くして人生の歓楽の前味を味わわされた。中学の上級生になった頃、文学をやると父に打ち明けると、「芸術や文学は創る方にまわると大変辛いことになるが、女性と同じで、一度、魅力に取り憑かれると逃れられないな」と言って同意してくれた。そして、「文学を志した以上、最高の筆記用具を用いなければ、作品が気品を失う」と言って、銀座の文房具輸入商から、最高のペンシルと麻表紙のノートを購入してくれたという。

父と同様に父方の伯父からも影響を受けた。二人は天方五万石の旧城主の子孫だという夢想的な誇りの持ち主で理想主義者だった。人生というものには、日常生活の他に、遥かに高く架かる巨大な精神世界というものがあり、父や伯父がそうした世界に属する人種であることを知って、真一郎少年は大いなる誇りを感じたのだった。

一方、田端の小学校では、不正、世俗まみれの教師に接し、父から不正を怒る代わりに笑うという感覚を植え付けられ、物事の両面を見る習慣をつけることで、作家的訓練の初歩を授けられた。

中学五年生の時、父が世を去り、十六歳から学費、衣食住全てを自分で稼いで生きて行かねばならぬ窮境に追い込まれた頃、生来、目立つことに神経症的な恐怖感と嫌悪感を抱く性格であるのに、それに反した生き方を強いられることになり、そのことが何度も激しい神経症に陥る原因となったようだ。そんな時、開成中学の病弱な英語教師から、「人生は出世したり闘争したりするためのものではなく、一生を魂の平和を求めて生きるためにあるのだ。」という人生観を与えられ、それが生きていくための密かな支えとなった。

一高国文学会で知り合った学者の風巻景次郎の家にはしばしば出入りし、平安朝の和歌を中心にした研究と、そこから発展した文学史の方法の樹立について大いに吸収し、勉強の基礎資料や操作について学び取った。この徹底的な学問的好意に甘えることがなかったら、王朝物語を世界の小説史の中に置いて考えるという、広い展望の仕事は実現できなかっただろう。

東大の島津久基が、『源氏物語』の文学的読み方、即ち世界文学の中に日本文学をはめ込んで眺めるという立場を暗示してくれたことにより、文学的創作や批評活動において統一的立場を貫く姿勢を築くことができた。また当時の文壇の新興芸術派の成瀬正勝からは、泉鏡花や永井荷風について現代文学の前衛的立場から読むやり方を指導された。島津、成瀬両氏は、大名華族であったことも、戦国小大名の後裔である中村真一郎に気質的に親しみやすさを与えてくれたようだ。

中村真一郎の青年時代において、人格形成上決定的影響を与えたのは、一高の片山敏彦との出会いだった。片山氏はロマン・ロランの直接の弟子であり、ヘッセやツヴァイク、デュアメルなどのドイツやフランスの作家と交際を続けていた。片山氏の書斎に出入りすることで、二十世紀最大の巨人であるロランの生きた空気に直接触れ、感覚的にも西洋、西欧ヒューマニズムの一部を成す流れに対する理解が一挙に深まった。しかし、ロランの理想主義がいかに崇高であっても、中村真一郎が東大仏文科に在籍し、現代小説の最前線であるジョイスとプルーストに自ら作家たらんとする源泉を汲み、ジードの「純粋小説論」に強い影響を受けると、自らの小説技法とロラン風の理想とを直結させることは不可能になり、片山氏から遠ざかる時期があった。ただロランの中からインドの聖者ラマクリシュナを発見したことで、小説家という職業柄、絶えず脅かされがちな「魂の平和」がもたらされ、それが生涯、大きな恩恵となった。

目指したもの

人が本に求めるものとして、求道的読み方や人生の指標の為の読書がある一方、様々な本を愉しむ、料理で例えれば、美食家に似た態度で個々の味わいや変化そのものを愉しむ読書がある。中村真一郎はどうやら主に後者に属する作家であり、文芸・文学者であるようだ。美食家が色々味わって舌が肥えて本物と偽物との区別がよく見分けられるように、文学も同様、なるべく広く読むことが、文学の面白味が判ってくるコツだと言う。その結果、中村真一郎が世界の十大小説と考えるのは、古代の『黄金のロバ』、『ドン・キホーテ』、『ロビンソン・クルーソー』、『ウィルヘルム・マイスターの修行時代』、『戦争と平和』、『虚栄の市』、『ゴリオ爺さん』、『パルムの僧院』、『失われた時を求めて』、そして、それらの上を行く傑作が『源氏物語』であるとして、「源氏」が小説という世間のあり様と人間の心の動きを描く文学の中でこれほど優雅な作品はないと断言している。小説家である中村真一郎の眼に、『源氏物語』に匹敵する小説と映るのはプルーストの『失われた時を求めて』で、両者は精緻きわまる優雅な社交界小説であるとする。紫式部は一条天皇の後宮の女房であり、プルーストは英国皇太子率いるジョッキークラブの一員で、両者はそのグループの中では人々を観察できる有利な地位にあったのだ。二人とも、その文明の最盛期の最高の社交界に属し、しかもグループの中では脇役にすぎなかった。この地位が二人を最も繊細な趣味人とし、最も鋭い観察者にしたことになる。

中村真一郎が社交界、即ちサロンに注目する理由はここにあると思う。サロンはあらゆるタイプの人間の集会場であり、人間の多様性の観察には最良の場所である。またサロンの本質は会話であり、その主題の多様性と表現の機知とを競う舞台であり、芸術論、風俗論、人生論に満ちている。さらにサロンは人間と人間との思いがけない、意図しない出会いの場である。人物の出会い方の構造が小説の中へ適用される面白さがある。中村真一郎自身も日頃からサロン的なグループに属して、その文化的交流を愉しんでいたのであろうし、『木村蒹葭堂のサロン』を表したのも江戸文化が最も成熟した十八世紀大坂で知識人や芸術家などが集う文化の香り高いサロンが存在したことを世に知らしめたかったのだろう。

ところで、現代の文学の世界にあって、『源氏物語』と『失われた時を求めて』の両方を融合した文学の方法により小説を書いている唯一の作家が中村真一郎であると自ら述べている。二つの作品を重ねて考える見本を示してくれたのは堀辰雄だった。堀辰雄は中村真一郎の文学的好みに最も合った先輩作家で、趣味の良い読書指南役かつ文学全般について創作方法の機微を彼に伝授してくれた存在だった。

堀辰雄は『源氏物語』と『失われた時を求めて』の同質性を意識したが、中村真一郎はこの二つの作品の社交界・サロンでの人物の出会い方の構造に着目して、両者の小説の共通の主題は、「時間」であるとした。プルーストの「マドレーヌから想起された記憶」の挿話と、中年の源氏と頭中将が互いの嫡子の舞う青海波を見て、少年時代の立ち返りを意識する場面との共通性は、二つの時間の重なり合いによる永遠性の出現、「特権的瞬間」の表現にあるのだ。

そして、中村真一郎は自らの人生の成熟期において、『源氏物語』と『失われた時を求めて』との融合から得た表現方法を取り入れて、『四季』四部作を結実へと導いた。

加賀乙彦先生追悼

「ことば」を回復する途

鈴木貞美

加賀乙彦氏が九十三歳と九カ月の生涯を閉じた。二〇二三年一月十二日のことである。氏には、加藤周一さん、丸谷才一さんのあと、中村真一郎の会の会長をお引き受けいただいた。

加賀さんは、若き日には北フランス、フランドル地方の精神病院に精神科医の留学生として勤務。その経験をもとに、若き精神科医が患者との境界を踏み越え、狂気との境にさまよいながら、存在の底の孤独の淵を覗く『フランドルの冬』（一九六八）で、作家としてデビューした。作風は、自ら語るようにフョードル・ドストエフスキーの読書体験とその作品世界への病跡学（パトグラフィー）的アプローチに根差している。そののち、犯罪学も学び、精神科医として東京拘置所の死刑囚と深く交流し、その内面を書く長篇『宣告』（一九七九）で日本文学大賞を受賞。

その間には、対米英戦争期に陸軍・幼年学校で学んだ若者が、敗戦を告げる玉音放送を陰謀と否定し、混乱のなかで大義に遵じて自決するまでを書く『帰らざる夏』（一九七三）で谷崎潤一郎賞を受賞している。皇国日本の精神を叩きこまれた幼年学校の途中で、敗戦を迎え、一九四五年九月に東京府立第六中学校に転じたものの、幼年学校出を白眼視する敗戦後の風潮に疎外感を覚えたことがもとになっている。

そうした加賀さんの立脚地をよく案内してくれるのは、第二評論集『虚妄としての戦後』（筑摩書房、一九七四）だろう。繁栄を謳歌するまでになった戦後日本の虚妄性を鋭く突き出すタイトルである。敗戦後の日本が裏側に抱えてきた事態が剥き出しになる事件が次つぎに起こったことに由来する。一九六八年、在日韓国人二世の金喜老が清水市で金銭トラブルから暴力団員二人をライフル銃で射殺し、静岡県寸又峡温泉の旅館に立てこもった事件が起こり、一九七二年二月には、第二次世界大戦期からグァム島のジャングルに潜伏しつづけていた横井庄一が地元の猟師に発見され、五十七歳で帰還した。一九五二年五月一日に皇居前広場をめぐってデモ隊と警察と衝突、死者を含む流血の惨事となった騒擾事件の裁判が長引き、一九七二年十一月に二十年ぶりに結審した。血のメーデー事件には、左翼系学生の隊列に加わっていた加賀さんが救護に走りまわった自らの経験が張りついていた。加賀さんにも医学部の学生時代にセツルメント活動に加わっていたことがあった。

加賀さんの訃報を聞いて、しばらくして、『虚妄としての戦後』というタイトルに妙に惹かれている自分に気づき、ページをめくりはじめた。最初は埴谷雄高『死霊』について。皆が論じようとする「自同律の不快」の命題は、三輪与志の思想にすぎないと言い措いて、作品世界の全体を読んでゆこうとする姿勢をくっきりと示している。加賀さんの第一評論集『文学と狂気』(一九七一)も『ドストエスキイ』(一九七二)も、パトグラフィーの手法によっているが、作品第一で考えている。とはいえ『死霊』は、まだ最初の四章まで。先は見えないのに、あえてそういう姿勢をとっている。

次の安部公房については、明治維新で政府側に変節した『榎本武揚』に着目している。敗戦の後、変節した知識人への加賀さんのこだわりが覗く。梅崎春生についても、体験を「作品として昇華させる姿勢」を核として突き出し、最後の作品「幻化」における神経症体験と初期の「桜島」における戦争体験と関係づけて論じている。

次に「中村真一郎の文学」と題する評論が置かれている。新潮社『日本文学全集』三十八巻(一九七一)の解説として書かれた力の入ったものだ。その特徴として環境描写がなく、心理描写、つまりは「愛欲を基にして動く心の機微」、その知的解釈が展開されていることを鮮明にした上で、その本質が「文学」の本来というべき「自己探究」にあると言い切っている。この『中村真一郎手帖』の読者には、いまさらかもしれないが、その前に、「元来日本語が生理的感覚的な用語には富むのに抽象語には乏しい」ため、抽象語に満ちた小説は西洋の「猿真似や引き写し」と誤解されるが、中村真一郎は日本の王朝文学にも江戸漢詩にも親炙していることをいい、「わが国の私小説はそういった文学の正統的な方向を馬鹿正直に推し進めたともいえるのだけれども」、それが事実の「平面的模倣」なのに対して、中村真一郎のそれは自己が「小説的仮構の中で立体的に照明される」方法によっていることを際立たせている。そのあたりの捌き方が、当時において、あるいはいまでも適確なことに感心させられる。ただし、事実の「平面的模倣」にも焦点化などの虚構性は伴うし、中村真一郎の「立体的」な方法にも、さらに分け入ってゆく必要はあろう。それは、われわれが引き継いでゆくべきことだ。

そして加賀さんは「一人の愛読者としての直観的な感想」として、中村真一郎が夫人の自殺ののちの「精神的混乱の中で構想された」『自鳴鐘』の完成後、重い神経症に見舞われ、入院して電気ショック療法を受けて過去の記憶を部分的に失ったのち、「一層自己を他者のようにつき放して」「知悉した他人のように自由に造型しうる」ようになったと述べて、六六年から六七年にかけての『夢想』『雲のゆき来』『孤独』を読者に勧めている。早くも『四季』四部作を予見していると ころがあるようにも感じられる。

なお、『虚妄としての戦後』第Ⅰ部には、そのあと吉行淳之介論がつづき、森鷗外、ドストエフスキー、スタンダール、プルースト、ゴヤについて、いずれも加賀さんならではの観点から論じる評論がつづく。第Ⅱ部には、気軽なエッセイ風のものが並び、もう一篇、「中村真一郎の翳」も収められている。この「翳」は神経症のことだが、普段の中村さんの姿が活写されている。そのうしろに、堀田善衛『橋上幻想』、武田泰淳『富士』、河野多恵子『不意の声』、辻邦生『嵯峨野明月記』と当時、注目を集めた作品論がつづく。松本俊夫監督『薔薇の葬列』の映画評も収めてある。いま、読んでも、どれも色あせない好論である。追悼文だから点が甘いわけではない。

ところで『虚妄としての戦後』には、その標題をもつ作品はない。いま、それに気づいて、あらためて全体を見まわし、第Ⅲ部に収められた短いエッセイ「焼け跡にはことばがなかった」が臍にあたると思った。先にもふれたが加賀さんは「中学一年生のとき、軍人を志し陸軍幼年学校にはいったのも両親に勧められたためばかりでなく、自分の意志でもあった。天皇は神であると信じ、天皇のために死にたいと本気で考えていた」と書き措いて「しかし戦争に負けたあと、日本を指導した人々は全く責任もとらずにこんどは平和再建をとなえだした。戦争は悪であり、平和が善だと平然として言明した。しかも私が崇拝してい天皇は、神ではなくて人間だと自ら宣言し、自分の名でおこした戦争も実は一にぎりの好戦的な軍人や軍臣に強要されてやったのだという顔をした」という。「十六歳の私は混乱した頭で焼け跡を見つめていた。そのとげとげしい風景は私の心にわだかまる混濁を正確に映していた。天皇に象徴されるおとなたちの破廉恥な態度を恨み、人間というものをいっさい信じないと私は誓ったのだ」

と記して、この国は経済的繁栄を第一とする方向に進んだことを告発する。

こうして加賀さんは「個人主義者」の立場に立った。だが、その姿勢が崩れだしたことを告げる。正田昭という死刑囚との文通を通して「過酷な極限状態にあって彼が人間への暖かい信頼を失わずにいたこと」に感動を覚えた。また彼の歿後に、彼と文通していた修道院付属の英語の先生をしていたNさんとの交流を通して、「まずことばから学ばなければならない」と感じたという。その「ことば」とは、マルティン・ハイデッガーのいう「存在の住み家」としてのことばのことだ。人間としてこの世にあることを支える「ことば」、それを学ぶとは、他者との信頼の回復を目指すことだ。

この追悼文を書いているわたしは、逆ではないか、と想う。その「ことば」の回復を目指すべきだという方向に確信がもてたがゆえに、十六歳で価値観の混濁に見まわれながら見た焼け跡には、人間として、この世にあることを支える「ことば」がなかった、と感じたにちがいない。それゆえ、そののちの日本の歩みは、他者との支え合いの失われた虚妄にすぎないと言い切れたのだ。このように読めば、加賀さんが自己探究の「文学」に惹かれ、かつ自身それを追究してきたことが、その「存在の住み家」としての「ことば」の回復に向けたものであったという意味を帯びて立ちあがってこよう。

わたしがこの評論・エッセイ集のタイトル『虚妄としての戦後』に、妙に惹きつけられたのは、一種の文学観の近さによっていたこともあろう。それがなにゆえ、もたらされたものか、考えてみなくては、とも思う。この書物にであったのは一九七〇年代半ばのことだが、パトグラフィーに馴染んでいたわけではないし、加賀さんのいう作品本位のパトグラフィーなど、いまでもめったにお目にかかれないと思っている。

そして、加賀さんがこのような立脚地を築いていたころ、核爆弾の下に世界を吊り下げて対峙していたアメリカとソ連がともに瓦解しはじめたことを感受した人々のラディカリズムの地鳴りにわたしは共鳴し、その渦に進んで飛び込んでゆきながら、だが、新左翼諸党派が凄惨な内ゲバをはじめたことに、それこそ虚妄の感を深くして離脱、自身も虚妄の淵に長く沈んだ。埴谷さんは「汝の敵を殺せ」に向かう党派というものの性格を指し示していたが、それはいってみれば公理のようなもので、それを回避する「別個に進んで一緒に撃て」という人民戦線方式を知りながら、それを採れない日本だけの特殊な事情を探っても虚妄の感が深まるばかり。むしろ、この「虚妄としての戦後」ということばに一縷の光妙を見いだす思いで、それを撃つ方向に賭けてきた。いまにして、そう思う。

今度、『虚妄としての戦後』を読み直して驚いたのは、第

Ⅱ部のパート2の最初に収められている「はじめての海外旅行」に、加賀さんが留学先のフランスに向かう船に岩崎力、平岡篤頼、辻邦生の三氏と一緒だったことが記されていたことだった（岩崎力氏にはすでに教官としてことばをかけてもらったことがあった）。そのほかにも加賀さんの同人雑誌関係で、高井有一、後藤明生氏ら、のちに、座談会などでつきあっていただいた懐かしい方々の名に出会った。みな、それぞれに「虚妄としての戦後」を内に抱えていたともいえるだろう。加賀さんの交友圏は、もっと広く、どうやら、そういう方々とわたしは八〇年代に接していたらしい。だが、その間、加賀さんと親しく接する機会はもたないまま、一九八九年に、わたしは勤務先を京都に変えた。

加賀さんの後半生は、一九八〇年代から二〇一二年まで、自らの一族と東京の変遷を大河小説『永遠の都』七巻、『雲の都』五巻に書きついだ。その間に『わたしの好きな長篇小説』（新潮選書、一九九三）など評論の大作もある。

中村員一郎の会のできる前、二〇〇〇年代半ばのことだったと思う。ただ一度、京都に見えた折、ついでのようにして呼び出され、お会いしたときには親しげに接してくださった。まるで世間話のようにして、日本の宗教者会議のようなものを考えていることを口にされた。加賀さんはすでにキリスト者になっていた。そのヒューマニズムの幅の広さに感心して

中村真一郎手帖　第十五号（2020.4）

「ゆき来する人」　堀江敏幸
中村真一郎と富士川英郎　富士川義之
西洋詩と江戸漢詩を繋ぐもの　富士川英郎×中村真一郎
＊
中村真一郎と柏木如亭　揖斐高
中村真一郎が見た三好達治（Ⅰ）　國中治
＊
反私小説作家・中村真一郎　前島良雄
戦争と向き合った中村先生　三島利徳
＊
中村真一郎初期短編集Ⅱ　編・解題＝安西晋二
＊
中村真一郎の会　近況／短信／趣意書／会則

聴いていたが、唐突に誘われた。

「明日、東本願寺に行くが、一緒に来ないか」

その前の日、勤務先への電話で、明後日の日曜日は空いているか、と尋ねられていたのだった。

「え、東本願寺……ですか？」

「なんか、あるの？」

「生命観の探究では、各宗教を対等に扱うよう心掛けていて、その姿勢はインドの方々には歓迎されているようですが、日本については真宗の改革派に少し突っ込んだ程度で……」

「うん、だから、いいじゃないか」

長く宗門のなかで伏せられていた『歎異抄』を真宗改革派が持ち出したのは、キリスト教の原罪思想にふれたのが契機となったのではないか、とわたしは推測していた（西田幾多郎が、それをキリスト教を超える思想と論じていたことには、まだ出会っていなかった）。もしかしたら、それを何かで読んで、それで声をかけられたのかもしれない。なるほど「況や悪人をや」は、死刑廃止に通じよう。

「いや、真宗も、京都のお寺は東と西のあいだに、かなり激しい対立があって……」

「いまはそんなことないだろ」

「ええ、明治時代の話です」

なぜ、そんなことをもちだすのか、怪訝な表情が覗いた。

「それは凄まじかったのですが……当時は汚職絡みの大きなスキャンダルだったんです」

加賀さんの首がかしいだ。

「いや、それだけでなく、日本の仏教は、対米戦争期に護摩を焚いてもいたらしい。書いたことはないですが。話の具合によっては、その手のことを口に出しかねないところがわたしにはあって……やはり、ご遠慮させてください」

自分でも理屈になっていないことはわかっていた。が、どんなかたちでも運動めいたものにかかわることは極力避けたい気持が強かったのだ。が、せっかくの宗教対話の前に、それをもちだすことははばかられた。

加賀さんは、何も言わず、それきりで別れた。わたしには気まずい思いが残っていたが、中村真一郎の会の懇親会では何のわだかまりもなかった。加賀さんが中村真一郎の会の会長をお退きになったのちにも、年賀状の交換は続いた。

二〇二〇年一月には『わたしの芭蕉』が贈られてきた。芭蕉の句の推敲過程をためつすがめつしながら、やっぱり落ち着いたところがいい句だと、眼鏡の奥で目を細めている加賀さんの顔がページのあいだから浮かんでくる。

あれは、もしかしたら、おまえも「ことば」の回復へ歩み出せ、というサインだったかもしれない。ふと、そんな想いがよぎった。

加賀乙彦先生追悼

加賀乙彦館長との四半世紀

大藤敏行

二〇二三年一月十二日、作家・精神科医の加賀乙彦先生が老衰のため、お亡くなりになりました。享年九十三。謹んでお悔やみ申し上げます。

加賀先生は一九五四年夏、東京大学医学部精神医学教室に入局してまもない頃、恩師の内村祐之教授の千ヶ滝の別荘を訪問したことがきっかけで、軽井沢の地を訪れるようになりました。本格的に軽井沢で夏を過ごすようになったのは、一九六九年に上智大学文学部教授となり、同年夏の休暇を軽井沢新道で過ごすために別荘を借りてからでした。偶然、そこは後の『錨のない船』のモデル・来栖三郎大使の別荘のそばでした。軽井沢の自然に魅了された先生は、一九七二年に福永武彦氏から追分の二百坪の土地を購入され、一九七四年に山荘を建てます。以後、晩年までの四十八年間、夏場を中心に執筆に励み、追分に山荘のあった鈴木道彦、原卓也、後藤明生の各氏らや、旧軽井沢や千ヶ滝などに山荘のあった中村真一郎、遠藤周作、辻邦生、北杜夫、矢代静一の各氏ら、多くの文学者や文化人とも交流を結びました。

加賀乙彦先生は、一九九八年、先代の中村真一郎前館長より引き継ぎ、軽井沢高原文庫館長に就任され、以後、今日までの二十五年間、館の発展にご尽力されました。

加賀先生が館長に就任された当時から今日まで、私は副館長として、夏の展覧会のテーマや講師の選定など様々な問題に関して、その都度、先生にご相談させて頂きました。そうした関係から、ここでは、軽井沢高原文庫館長としての加賀先生を中心に、思い出されることを書かせて頂きます。

軽井沢高原文庫が開館したのは一九八五年八月。私はその年の三月に大学を卒業し、まだ建物もなかった軽井沢高原文庫に学芸員として就職しました。軽井沢高原文庫の中心的存在は、顧問のお一人、中村真一郎先生（のち館長）でした。

開館三年目となる一九八七年夏、中村先生の発案で福永武彦展が開催されました。それを特集した『高原文庫』第二号で、初めて加賀先生に原稿をお願いしました。追分に建てた山荘の土地を福永武彦さんから譲ってもらい、自然豊かな追分での生活を愉しんでいるという興味深いエッセイでした。ブルーブラックの万年筆による力強い筆跡でした。同年八月二十二日に開かれたパーティー「高原文庫の会」で、冒頭の挨拶を加賀先生にお願いいたしました。もう一人の挨拶者は中村真一郎先生で、乾杯の言葉は仏文学者の佐藤朔先生。中村先生は何かにつけて、「加賀くんに頼むように」とおっしゃって、加賀先生を信頼されているご様子でした。全部は刊行されなかったのですが、中村先生の代表作『四季』『夏』『秋』『冬』四部作の新潮文庫の解説をすべて書いたと、加賀先生からある時、うかがったこともあります。

時は流れ、一九九四年、軽井沢高原文庫の理事を増やそうという話になり、中村先生の推薦により加賀乙彦、辻邦生両氏にお願いすることになりました。辻先生は中村先生からの頼みならば喜んで受けます、とすぐに快諾され、加賀先生も快く受けて下さいました。加賀先生が、電話口の向こうから、「辻さんと時々お会いする機会ができるのはうれしいです」とおっしゃった言葉を今も憶えています。加賀先生が一九五七年に辻氏と同じ船でフランス留学をなさったことは、すこし後で知りました。

加賀先生が理事になられた年の初の理事会で、加賀先生から、北軽井沢の野上弥生子書斎「鬼女山房」を高原文庫に移築してはどうか、というご提案がありました。野上家のご意向でもありました。全員が賛成で、一九九六年に書斎の移築は実現しました。

それからほどなくして、一九九七年十二月二十五日、中村真一郎館長がご逝去されました。それを受け、堀辰雄夫人の堀多恵子氏らと次の館長について相談し、後任に理事の加賀先生にお願いすることに決まりました。加賀先生はすぐご承諾下さり、一九九八年四月から軽井沢高原文庫館長にご就任頂きました。

後年、加賀館長は就任当時を述懐して、有島武郎、室生犀星、堀辰雄など、伝統的な軽井沢ゆかりの文学者に興味をひかれながらも、「館長になったおかげで、自分のそれまでの文壇の見方が狭隘にすぎると気がついた」(『高原文庫』第三十四号)などと述べ、自らの読書の領域をもっとひろげることにしたとも書かれていて、とても謙虚なお人柄が分かります。

二十世紀が二十一世紀に替わる際に二年連続で開催した「二十世紀と軽井沢展」〈戦前編〉・〈戦後編〉や、現役詩人の展示となった谷川俊太郎展、文学とは異なるジャンルである作曲家の武満徹氏を特集した展示など、それまで高原文庫が取り上げてこなかったテーマを積極的に取り上げたのも加賀館長でした。それにより高原文庫の活動の裾野は広がりました。

北杜夫氏が亡くなった二〇一一年、加賀館長はすぐに、来年は北さんの展覧会をしましょう、と言われました。また、なだいなだ氏が二〇一三年に亡くなった時も同様でした。北氏を特集した『高原文庫』第二十七号は大変好評で、会期途中で売り切れてしまいました。理事の矢代朝子さんが中心となって十年間、活動を行った軽井沢演劇部の朗読会にも毎年出席され、公演後の打ち上げも参加されて、俳優さん達から慕われる存在でした。

四年前、二〇一九年夏に加賀乙彦展を開催いたしました。以前ならば、ご自身の展覧会についてはやや消極的でしたが、心境の変化でしょうか、この時は事務局案に賛成されました。とても嬉しそうでした。当時、先生は九十歳。そして実現したのが「加賀乙彦展――精神世界の光と闇を求めて――」です。タイトルは理事の菅野昭正先生の命名。事前に、先生からこういう構成にしたらどうか、という骨格が私に示されました。長篇小説、短篇小説、評論、エッセイ、医学関係著作など膨大な先生のお仕事の中から、長篇小説に焦点を当てるという方向性が明確に打ち出されていました。それを基本にして、展覧会をつくりあげ、大きな反響があり、多くの加賀ファンが全国各地から来館されました。今、思えば、先生がお元気だったあの時に展覧会を開催させて頂き、大変良かったと思います。

加賀乙彦展には間に合いませんでしたが、沼野充義氏のご尽力により、加賀先生の代表作『永遠の都』のロシア語訳の準備が進められ、先生はその刊行を待ち望んでいました。加賀乙彦展特集号の『高原文庫』第三十四号に、その翻訳の中心となったロシアのアレクサンドル・メシェリャコフ博士に原稿を頂くことも出来、その後まもなく『永遠の都』ロシア語版は刊行されました。

先生が最後に軽井沢を訪れたのは、二年前の二〇二一年八月上旬で、九月上旬までの約一カ月間、山荘に滞在されました。軽井沢がよほど恋しかったのか、急に思い立って、お一人で新幹線に乗ってこられたようでした。

最後に先生にお会いしたのは、お亡くなりになる三カ月ほど前の昨年十月二日。二年前の十二月より、先生はご家族のご配慮によって、医師や看護師がそばにいる首都圏のある施設に入っておられ、厳しい新型コロナウイルス感染対策等もあり、なかなか面会できませんでした。ある秋の日、先生のご長男の小木多加志氏から、面会できるようになりました、よろしかったら父に会ってください、とのご連絡を頂きました。翌日、すぐに車でうかがいました。先生は陽が差し込む明るい部屋で、静かにベッドに横たわっていました。私が声をかけると、わかったご様子で、ややかすれた声をふりしぼるように話されていました。あたりは、軽井沢に近い、上田あたりの千曲川の印象が重なるような、大きな川がゆったりと流れている、とても自然に恵まれた場所でした。

先生がお亡くなりになった時、再び多加志さんからご連絡を頂きました。葬儀は家族葬で行われるとのこと。そして、四年前、軽井沢高原文庫で開催した加賀乙彦展ポスターを会場に飾りたいので送ってほしいとの光栄なお話も頂きました。葬儀用の先生の顔写真は、軽井沢の山荘の庭で撮影した写真（加賀乙彦展ポスターの顔の部分）を使いたいとのご連絡を、既に数カ月前に頂いていましたので、お送りしていました。

二〇二三年一月十六日、東京都内のカトリック教会で行われたお通夜に、私も参列させて頂きました。聖堂に安置された先生のご遺体に面会し、鼻筋のよく通った、血色のよい先生のお顔に再会しました。いつものように、「おおとうさん」とやさしく声をかけられそうな、そんな雰囲気でした。

加賀先生の在りし日のお姿を偲び、天国で安らかな眠りにつかれますよう心よりお祈り申し上げます。

なお、加賀乙彦館長のご逝去を受けて、軽井沢高原文庫では三月十八日から五月二十三日まで、「追悼　加賀乙彦館長～軽井沢高原文庫と歩んだ二十五年～」を開催しています。一九五三年に東京で起きた強盗殺人事件の死刑囚をモデルにした小説『宣告』（日本文学大賞）の、死刑囚と加賀先生が交わした書簡を収めたノートや、『湿原』（大佛次郎賞）や『永遠の都』（芸術選奨文部大臣賞）の自筆原稿など、貴重な文学資料約二百五十点を展示しています。

また、現在、加賀乙彦長篇小説全集（全十八巻）が作品社より刊行されています。今、十冊まで刊行。加賀先生は天国において、あや子夫人とともに、あの大きな澄んだ目と笑顔で、長篇小説全集の二〇二四年八月の完結を、心待ちにしておられるのではないかと思います。

菅野昭正先生追悼

思い出すことと忘れること

菅野昭正先生の「思い出」

岩野卓司

フロイトに「喪の作業」というものがある。それは死者を忘れていく無意識の作業である。

生前親しくしていた人との別れは辛いものだ。ショックに打ちひしがれ寝込む者もいれば、心身の不調を訴える者もいる。ショックを和らげるために、人の心は無意識のうちに死者を忘れていく仕組みになっている。

葬式をはじめ、死者を弔う儀式がある。これは死者をよく忘れるための儀式ではないだろうか。仏教では、初七日、四十九日、一回忌、七回忌などの法事があり、その度ごとに親族や友人が集まって故人を偲ぶ。つまり、故人を思い出し語り合うのだ。思い出すということは、一見すると相手に執着しているようにも見えるが、実は相手を忘れる最良の手段ではないだろうか。フロイトによれば、ショッキングな過去の事実が無意識に抑圧されトラウマと化して心の病の原因になる。精神分析では、忘却に沈んだ過去を患者に思い出させることで治療をするのだ。思い出したくない過去を思い出し自覚することで、患者は病から解放されるのである。故人に対しても同じである。過去のいろいろな事実を思い出すことによって、故人から解放される。過去を思い出すことで、病から解放されるように故人から解放され、病も故人も静穏な忘却へと引き渡されるのだ。

追悼文を書くということも同じことが言えるのではないだ

ろうか。それは受け入れ難い死の事実を受け入れることに他ならない。書くことは死者を思い出すことであるが、同時に死者を忘れていく作業ではないだろうか。というのも、言葉というものは残酷な抽象化を行なうからである。古来の友情論を見てみよう。著名ないくつもの友情論は、故人となった友人との関係をベースにして語られている。キケロ然り、モンテーニュ然り。それは死者を思い出す作業であるが、思い出を一般化し抽象化することで死者を埋葬する作業にもなっている。友情論へと昇華されることで、親友との関係は深く眠ることになるのだ。

だから、菅野昭正先生の思い出を語ることは、あれやこれやの思い出を呼び覚ますとともに、それらを語ることでよりよく忘れることでもある。思い出を記録することは、個人を越えた歴史に故人を刻み込むことだが、歴史に引き渡すことでその人を忘れていく作業でもあるのだ。

僕が菅野先生に教わったのは、本郷の仏文の大学院時代である。

そのころの仏文科には学部をふくめるといろいろなタイプの人間がいた。研究者志望の人、作家志望の人、評論家をめざす人、新聞記者や編集者をめざす人、ほとんど顔を見せないので何をしているのかよく分からない人など多彩だった。学部まで駒場だった僕にとっては異様であるが新鮮な世界であった。授業も今と比べると限りなくルーズで指導されたという記憶もほとんどない。学科の研究室にはいわゆる文学青年のような人が多くいて、研究者としての自覚のある人のほうが少数派であった。そういうなかで、菅野先生は近代文学の研究者であるとともに、文芸評論家としても活躍しており、多くの文学青年の憧れの的であった。たぶん、菅野先生たちの世代は今と比べると研究と評論が未分化であり、外国文学研究者で文芸評論を執筆している二刀流の人も数多くいた。それが今日、時代が変わり世界的に活躍するフランス文学研究者が数多く輩出している一方で、プルーストの専門家やパスカルの専門家といったようなエキスパートが多くなってきて、幅広く評論活動をする者も少なくなってきている。たぶん未分化であったことが、菅野先生の豊かな世界を形づくっていたのだろう。

文学への関心が低くなってきている今日、評論のあり方も変わってきている。文学というジャンルに留まらず、映画や演劇など表象文化一般から文学を論じたり、哲学や社会学の視点から文学を論じるようになってきている。昨今では、文芸評論家という肩書の人よりも、ライターとか書評家と名乗り脱ジャンル的にふるまう人のほうが目立ってきている。

こういった文学の乏しき時代にも、菅野先生は文学をその内部から論じる姿勢は崩していない。今回、本稿を執筆するにあたってあらためて先生の著書を読んでみたが、その見方は間違っていないと思う。しかも、これは僕が院生時代に抱いた印象とさほど変わらない。変わったのは時代であって、先生の文学への姿勢はつねに一貫したものであった。

それは菅野先生が当時教室の内外で仰っていたことからも理解できる。

菅野先生の授業は派手さのない素朴なものであった。大学院の演習ではマラルメのテキストの読解をしていたが、院生への要求も丹念に辞書を引き注釈書を参照したうえで自分の解釈をきめる、という極めて当たり前のものだった。僕も発表の担当が決まると、マラルメが参照したというリトレの辞典を研究室で読み、いくつかの古典的な注釈書と辞書を調べながら自分の解釈を決めていった覚えがある。オーソドックスで基本に忠実というのが先生の授業のスタイルであり、勘で物を言ったり奇をてらったりしないその姿勢は研究にも文芸評論にも生かされていたのだと思う。授業に面白みがないという院生もいたが、基本を徹底した読みの凄みは授業のはしばしで感じられた。当時、バルトの記号論やジュネットのナラトロジーが流行しており、修士論文などで「使う」院生も多かったが、ジュネットたちは膨大な書物を読んでこういった理論をつくっているのであり、その上澄みだけ持ってきても駄目だ、とよく戒めていた。自分で多くの書物を読んで悪戦苦闘しろということだったと思う。借り物の知識を振り回しても効果は一時的なものであることを、先生は経験から知っていたのだ。

もうひとつ教わったことは、流行に追随しないということである。流行が変わるたびに波乗りサーファーのように外国の新しい作家や思想家の波に乗り換えていくタイプを先生は嫌悪していた。物事の本質を捉えろということだったと思う。ヴァレリーの影響で文芸評論を書き始めた先生も、サルトルの実存主義、さらには構造主義やポスト・モダニズムへと流行が変わっていく状況に直面したが、ヴァレリーから想を得た文学への問いは一貫して持ち続けたのだと思う。もちろん、文学や思想の新しい動向を無視したのではない。むしろ敏感にそれらを感じとり吸収していった。大著『ステファヌ・マラルメ』の序では、ヴァレリー、サルトル、ソレルス、デリダのマラルメ解釈が検討されており、それぞれの時代の新しい刺激に対して決して反応しなかったわけではなかった。しかし、流行の影響を受けつつもそれに追随することなく、文学への一貫した問いはつねに持ち続けていた。

名著『詩学創造』では、萩原朔太郎、北原白秋、三好達治、伊藤静雄、西脇順三郎といった錚々たる顔ぶれの近代詩人が扱われているが、彼らが西欧の詩を前にして俳句や短歌のような伝統的な詩型に頼らずにいかに悪戦苦闘しながら新しい詩を作り上げていったかを論じている。詩の現在があるのも、先人たちの苦労のおかげなのである。菅野先生は最後に次のように締めくくっている。「この五人の詩人たちの詩は、詩の現在にとって大事な遺産である。遺産を贈与してくれたのは、もちろんこの詩人たちだけではないし、私としてもいずれ機会を得て他の贈与者のことも考えてみたいと思うが、いまはとりあえず、歴史を無視する者は歴史に復讐されるとだけ言い添えるにとどめておこう。」(『詩学創造』)流行の上澄みだけでは現在を理解することはできない、と先生は強く意識していたのである。詩の現在は彼らの贈与によって成立している。歴史は彼らの苦闘の産物なのである。粘り強く彼らの格闘の跡を問い続けることで、現在における詩のあり方も未来へのその方向性もはっきりしてくるのだ。

菅野先生は文学を問い続けた人であった。最後の最後までマラルメに取り組んでいたと聞いている。『詩学創造』の詩人の姿は、先生の自画像であったのかもしれない。先生の思い出を語ることで、先生を忘れていこう。そうすることで、作品は歴史に刻まれていくだろうし、問いも受け継がれていくだろう。

＊――中村真一郎の会

短信

（'22.4 - '23.3）

【会合・催物】

令和四年度文化功労者顕彰式★二〇二二年十一月四日、都内。十一月三日に、文化の向上発達に関し特に功績顕著な者として、安藤元雄先生をはじめ、二十名が選定されました。

会合＝四季派学会二〇二二年度冬季大会★二〇二二年十一月二十六日、法政大学市ヶ谷キャンパス。主催＝四季派学会。講演者＝高橋世織。

【出版物・DVD】

小山正見『大花野』★朔出版、二〇二二年二月刊。

島内裕子「伏見連珠――森鷗外・蜷川式胤・中村真一郎を中心に」★『朱』、三月、二四―三二頁。

吉川一義編『プルーストと芸術』★水声社、四月刊。

山本嘉孝「名著巡礼（2）　中村真一郎著『江戸漢詩』」★『雅俗』、七月、一九〇―一九三頁。

『地獄の饗宴』〈東宝DVD名作セレクション〉★東宝、十月発売。監督＝岡本喜八／脚本＝池田一朗、小川英／音楽＝佐藤勝／出演＝三橋達也、団令子、田崎潤、池内淳子、佐藤慶。原作は、中村真一郎「黒い終点」。

『感泣亭秋報』第十七号★感泣亭アーカイヴズ、十一月刊。

鈴木貞美『日露戦争の時代――日本文化の転換点』★平凡社、二〇二三年一月刊。

中央公論新社編『世界カフェ紀行――5分で巡る50の想い出』★中央公論新社、二月刊。中村真一郎「ラヴェンナの中央広場のカフェ『黄金の盃』」を含む。

【訃報】

加賀乙彦（かがおとひこ）氏★作家、精神科医。日本芸術院会員、文化功労者。軽井沢高原文庫元館長。本会元会長。二〇二三年一月十二日、老衰のため死去。享年九十三。小説に『フランドルの冬』（芸術選奨文部大臣新人賞）、『帰らざる夏』（谷崎潤一郎賞）、『宣告』（日本文学大賞）、『永遠の都』（芸術選奨文部大臣賞）、『雲の都』（毎日出版文化賞）などがある。

菅野昭正（かんのあきまさ）氏★フランス文学者、文芸評論家。東京大学名誉教授、日本芸術院会員。世田谷文学館名誉館長。本会元常任幹事。二〇二三年三月九日、病気のため死去。享年九十三。評論に『詩学創造』（芸術選奨文部大臣賞）、『ステファヌ・マラルメ』（読売文学賞）、『変容する文学のなかで』（全三巻）、翻訳に、ミラン・クンデラ『不滅』、ジョナサン・リデル『慈しみの女神たち』（共訳、日本翻訳出版文化賞）などがある。

趣意書

＊――中村真一郎の会

中村真一郎の本格的な文学的生涯は、第二次大戦終結とともに開始された。爾来、一九九七年末に他界するまで半世紀、その活動は日本の文学に新しい領域を開拓しつづけた。そして、最後まで、〈戦後派〉の文学者としての自負と誇りに生きた。

この場合、〈戦後〉とはただ時代の区分に関わるのではなく、日本の文学を戦前の狭隘から開放し、多様かつ豊饒な世界へと革新する困難な文学的行為を意味する。中村真一郎はまことに弛みなくそれを実践した。したがって、〈戦後派〉の文学者という自負は、取りも直さず二十世紀の日本文学の開拓者たらんとする自覚の表明ということにもなるだろう。中村真一郎はその自負あるいは自覚を全うした文学者である。

『四季』を頂点とする三つの大河小説的長篇は、ある時代の精神風俗と個人の内的冒険を融合する、かつて日本に乏しかった振幅のひろい小説世界を実現した。平行して書かれた数多い中篇・短篇小説は、精神と魂の諸領域の秘密をきめ細かく探りつづけた。江戸文明の精髄を生きた三人の知識人の生涯を考察した三部作には、評伝文学の新しい可能性が示された。日本・西欧の昔と今にわたり、及ぶ者のない広範な読書と該博な知識にもとづいて、文学の魅力をのびやかに渉猟した批評の数々。また押韻定型詩の試みは、継続の機会に恵まれなかったものの、日本近代詩がとかく軽んじがちだった形式感覚をめぐって、重要な一石を投じた事件だった。さらに詩劇を含む戯曲、放送劇、随筆、翻訳の領域でも目覚しい仕事を残した。

それら厖大でしかも多彩な業績は、どのようにして産みだされたのか。古今東西の文明・文学を見わたす視野の広範さ、想像力の自在な活動とそれを愉しむしなやかな感覚、現代を生きる倫理のありかたを考える意識（それはしかし偏狭さや偏見と無縁である）……。そこではまた精神の自由が重んじられ、魂の神秘が慈しまれる。それらが渾然一体となって、中村真一郎の創造の源泉を形づくることになった。

中村真一郎の作品はその生前から評価されていたし、文学的創造の姿勢はときに無理解な反撥を受けることはあっても、決して軽んじられていなかった。しかしながら、正当な評価で報いられたかとなると、大いに疑問である。文学的立場の輪郭は人の知るところであったとしても、その意味するところが正確に測られていたとは言いがたいものがある。

私たちがここに「中村真一郎の会」を組織することを発議したのは、以上の状況を十分に勘案して、中村真一郎の文学的業績と文学的立場の全体にわたって、その真価をもっと広く深く解明するのは急務であると判断したからである。そして当然ながら、この会の活動は、二十世紀の日本文学の創造したものを二十一世紀へと架橋する役割を果すことにもなるだろう。中村真一郎の文学に関心を寄せ、親しみ、敬愛するひとびと、中村真一郎の達成した仕事を通して、明日の文学を考えようとするひとびととの、幅ひろい活発な参加を得て、中村真一郎にふさわしい自由闊達な交歓の場が誕生することを私たちは期待している。

＊——中村真一郎の会

会則

第一章——総則

第一条（名称）

本会は中村真一郎の会という。

第二条（事務局）

本会は、事務所を株式会社水声社編集部（神奈川県横浜市港北区新吉田東一—七七—一七）内におく。

第三条（目的）

本会は、中村真一郎の業績を讃え、これを広く、かつ永く伝えることを目的とする。

そのために、第四条に記する事業を行い、中村真一郎の作品を愛する者、研究する者、関心を持つ者が、広く交流し、中村真一郎とその作品についての理解を深めるための場をつくることをめざす。

第四条（事業、活動内容）

本会は、前記の目的を達成するために次の活動をおこなう。

一、中村真一郎に関する講演会、研究発表、シンポジウムなどの開催。

二、機関誌「中村真一郎手帖」（年一回）の編集。

三、インターネット上での情報公開。

四、その他、幹事会が必要と認める事業。

第二章——会員・会費について

第五条（会員の資格）

本会は、中村真一郎の作品を愛する者、研究する者、関心を持つ者は誰でも会員になることができる。会員は、普通会員（学生会員）、法人会員、にわかれる。

第六条（会費）

一、普通会員は年会費一口五千円とする。

（学生会員は年会費二千円）
二、法人会員は年会費一口二万円とする。
三、年会費は、毎年年度のはじめに支払うものとする。年度の途中で入会するときは、そのときに、その年度の年会費を支払うものとする。

第七条（会員の権利・義務）
一、会員は、会の総会に出席し、発言し、表決に参加できる。
二、会員は、会のすべての催しの案内を受け、参加することができる。
三、会員は、機関誌に投稿することができる。
四、会員には、会の刊行物が無料で送付される。
五、会員は、上記の会費を納入しなければならない。二年間の会費未納者は、会員資格を失う。
六、会員が会の活動に支障を生じるような行動をしたときは、幹事会の決議により、退会を勧告されることがある。

第三章——役員について

第八条（役員の種類と定数）
本会に次の役員をおく。
一、会長　一名
二、幹事長　一名
三、常任幹事　四〜七名
四、幹事　十五〜二十名
五、事務局長　一名
六、監事（会計監査）　一名

第九条（役員の選任）
会長は、会員の中より幹事会において選出する。また、幹事会において、幹事長、常任幹事、事務局長を、互選により選出する。

第十条（役員の任期）
役員の任期は、選任の日から二年とする。ただし再任を妨げない。任期の中途で就任した役員の任期は、他の役員と同時に終了する。

第十一条（役員の職務）
一、会長は、本会を代表する。
二、幹事長は、会の運営全般を統括する幹事会を代表し、常任幹事とともに、会の事務を執行する。幹事長は、会長を補佐し、会長に差し支えがあるときは、会長の任務を代行する。
三、常任幹事は、幹事長を補佐し、幹事長がその職務を執行できないとき、その代行をする。
四、幹事は幹事会を構成し、会務を執行する。
五、幹事会は、本会則規定事項、総会より付託を受けた事項、その他会務に関する必要な事項を決定するものとし、幹事長が招集し、出席幹事の過半数をもって決議する。
六、幹事会は年に一回行うものとする。ただし、幹事長の招集により、随時、行えるものとする。

第十二条（監事の職務）
監事（会計監査）は、本会の会計を監査し、監査の結果を幹事会および総会に報告する。

第四章——総会

第十三条（総会）
会長は、毎年一回、総会を招集しなければならない。総会は会員の三分の一の出席（委任状によるものを含む）があったときに成立する。総会の議長は、会長またはその指名する幹事とし、総会を運営する。

第十四条（総会の権限）
総会は、次の議案を議決する。
一、幹事、監事の選出
二、前年度活動報告、ならびに会計報告の承認
三、当年度予算案、ならびに活動計画案の承認
四、会員から提出のあった議案
五、本会則の改正
六、解散
七、その他、幹事会が必要と認めた事項

第十五条（総会の議決）
総会の決議は、出席会員（委任状によるものを含む）の過半数をもってなす。

第五章——会計

第十六条（経費）
本会の経費は、会費、寄付金、その他をもってあてるものとする。

第十七条（会計年度）
会計年度は、四月一日から、翌年三月三十一日とする。

第十八条（会計報告）
会計報告は、監事が年度終了後に開催される総会においてなし、総会の承認を得るものとする。

第六章——付則

第十九条（施行日）
本規約は、結成総会の日から施行する。

第二十条（創立年度の会計年度）
本会創立年度の会計年度は、結成総会後の三月三十一日までとする。

役員一覧（2022. 9 - 2024. 3）

会長
安藤元雄（2019. 4 - 2022. 9）

監事
十河章

幹事
朝比奈美知子
粟津則雄
井上隆史（常任幹事）
岩野卓司（常任幹事）
木村妙子（常任幹事）
小林宣之（常任幹事）
近藤圭一（常任幹事）
鈴木貞美（幹事長）
鈴木宏（事務局長）
本多美佐子
松岡みどり
渡邊啓史

（第十七回総会で安藤元雄先生が会長を退任されましたので、次回〔二〇二三・四〕の幹事会・総会において新会長を決定する予定です。）

［執筆者について］

安藤元雄［あんどうもとお］■──一九三四年、東京都生まれ。詩人、フランス文学者。明治大学名誉教授。著書に、『水の中の歳月』、『夜の音』、『めぐりの歌』、訳書に、ボードレール『悪の華』などがある。

吉川一義［よしかわかずよし］■──一九四八年、大阪市生まれ。京都大学名誉教授（フランス文学）。著書に、『「失われた時を求めて」への招待』、訳書に、プルースト『失われた時を求めて』などがある。

三枝大修［さいぐさひろのぶ］■──一九七九年、千葉県生まれ。成城大学准教授（近代フランス文学）。著書に、『ジュール・ヴェルヌとフィクションの冒険者たち』（共著）などがある。

助川幸逸郎［すけがわこういちろう］■──一九六七年、東京都生まれ。東海大学教授（日本文学）。著書に、『文学理論の冒険』、『文学授業のカンドコロ』（共編著）などがある。

広瀬一隆［ひろせかずたか］■──一九八二年、大阪府生まれ。京都新聞社勤務。京都府立医科大学大学院博士課程在籍（生命倫理専攻）。著書に、『誰も加害者を裁けない』、『京都大とノーベル賞』がある。

國中治［くになかおさむ］■──一九六〇年、千葉県生まれ。大谷大学教授（日本近代文学）。著書に、『三好達治と立原道造――感受性の森』、『書く場所への旅』、『風景画の窓』などがある。

野川忍［のがわしのぶ］■──一九五四年、神奈川県生まれ。明治大学教授（労働法）。著書に、『労働法』、『労働協約法』などがある。

本田由美子［ほんだゆみこ］■──一九五三年、東京都生まれ。法律事務所羅針盤専従者。本会会員。

鈴木貞美［すずきさだみ］■──一九四七年、山口県生まれ。国際日本文化研究センター、総合研究大学院大学名誉教授。著書に、『「日本文学」の成立』、『戦後文学の旗手　中村真一郎』などがある。

大藤敏行［おおとうとしゆき］■──一九六三年、埼玉県生まれ。軽井沢高原文庫館長。著書に、『ふるさと文学散歩　長野』（監修）などがある。

岩野卓司［いわのたくじ］■──一九五九年、埼玉県生まれ。明治大学教授（思想史）。著書に、『ジョルジュ・バタイユ』、『贈与の哲学』、『贈与論』などがある。

●入会案内

中村真一郎の会は、中村文学を愛する方であれば、どなたでも入会できます。

入会をご希望の方は、事務局（神奈川県横浜市港北区新吉田東一―七七―一七　水声社編集部内　〒二二三―〇〇五八　電話〇四五―七一七―五三五六）までご一報の上、郵便振替にて当該年度の会費（一般五千円、学生二千円）を左記口座へお振込みください。

加入者名　中村真一郎の会
口座番号　〇〇一〇〇―〇―七〇五六九五

●投稿規定

当会では、機関誌への会員の皆様のご投稿を、随時受け付けております。

原稿は縦書き、二千字から六千字で、お名前、ご住所、電話番号、職業、年齢をお書き添えの上、事務局までご送付ください（デジタル・データがあれば、なお可）。投稿原稿は原則としてお返しいたしませんので、コピーをとってからお送りください。

掲載の可否は編集委員会の決定によりますので、掲載できない場合もございます。また、掲載にあたって、文意を損なわない範囲で手を加えさせていただく場合がありますが、ご了承ください。

●寄付者一覧（2022.4-2023.3）

左記の方々からご寄付をいただきました。記して感謝いたします

金子英滋	五、〇〇〇円
朝比奈美知子	五、〇〇〇円
鈴木宏	五、〇〇〇円

＊　小林宣之「中村真一郎に甦るネルヴァル」は休載いたします。

中村真一郎手帖

第一八号▼編集……中村真一郎の会▼発行……株式会社水声社東京都文京区小石川二―七―五〒一一二―〇〇〇二▼電話〇三―三八一八―六〇四〇▼FAX〇三―三八一八―二四三七▼印刷製本精興社▼ISBN978-4-8010-0729-1▼二〇二三年五月一日印刷二〇二三年五月一五日発行▼中村真一郎の会ホームページ……http://www.suiseisha.net/nakamura/　▼装丁……齋藤久美子▼表紙写真……日本経済新聞社提供